디어 마이 송골매

디어 마이 송골매

이경란 장편소설

교유서가

D-100 전쟁통에도 사랑이

홍희는 열망이라는 단어를 되뇌었다. 자신과는 무관한 세계의 언어라는 생각이 들었다. 자신이 열망한 것이 있었던가. 무엇을 열망해야 하는 것일까. 혹시 단 한 번이라도 무언가, 혹은 누군가를 열망한 적이 있었는지 살아온 날들을 짚어보았지만, 그저께부터 내내 머릿속을 꽉 채우고 있는 그 단어는 아무래도 자신의 것이 아닌 듯했다. 어쩌면 열망에 가까운 어떤 간절함의 대상은 돈이 유일했는지도 모르겠다. 그렇다고 홍희가 매주 로또를 사서 쟁이는 부류의 인간은 아니다. 그저 일해서 벌고 조금씩 떼서 모을 줄만 아는 사람이 돈을 열망해왔다고 간주하기에는 적절치 않다. 열망의 끝이 이 정도밖에 안 되는 거라면 열망 따위.

홍희가 갑자기 열망이란 단어에 붙들린 데에는 이유가 있다. 송골매가 콘서트를 한다고 발표했는데 그 타이틀이 바로 열망이기 때문이다. 맞다. 그 송골매. 대체 언제 적 송골매냐고 코웃음 치려면 뭐 그러라지. 좋아하는 데 이유가 있나. 아니다. 이유가 있다. 멋지잖아. 홍희는 슬며시 웃음이 났다. 배철수와 구창모가 재결합하는 첫 무대라니! 그들이 결별한 것이 도대체 언제였더라. 고1 때였나, 고2 때였나. 홍희는 그런 계산이 얼른 서지 않았다. 햇수를 꼽을 때면 늘 한두 해 정도 틀리기 일쑤였지만 그게 뭐 중요해, 38년 만이라잖아.

38년 전 홍희는 무지하게 울었다. 그전에 배철수가 생방송 도중 감전되어 쓰러졌을 때도 펑펑 울었다. 그때는 불안과 공포가 뒤섞인 울음이었고, 결별 때는 세상이 끝장난 듯한 허망함과 서러움의 울음이었다. 소식을 들은 날, 학교 벤치에 앉아 훌쩍거리다가 엉엉 통곡했고 집으로 돌아가는 길에도 내내 흐느꼈다. 흐느끼면서도 더욱 마음껏 흐느끼고 싶어서 버스도 타지 않고 걸어갔다. 가방이 너무 무거워 내던지고 싶었다. 교과서와 빈 도시락만으로도 무거운 가방 안에 만화책까지 대여섯 권 들어 있었으니 얼마나 무거웠던지. 『유리가면』이었던가, 『올훼스의 창』이었던가. 『베르사이유의 장미』였을지도.

홍희는 바지 주머니에서 이어폰을 꺼내 귀에 꽂았다. 도현이 또 짜증을 냈다. 홍희가 이어폰을 끼고 흥얼거리는 소리를 도현은 질색했다. 그런 옛날 노래 좀 제발 따라 부르지 말라고, 그냥 듣기만 하면 안 되냐고, 그건 노래가 아니라 소음이라고

틈날 때마다 툴툴거렸다. 도현은 돌려 말할 줄 모르는 돌직구 스타일이다. 괴롭잖아요, 듣기가. 듣지 마, 그럼. 홍희는 도현이 괴로워하거나 말거나 꿋꿋하게 흥얼거렸다.

비 맞은 태양도 목마른 저 달도…… 돌아 설까나…… ●

또 광고네.

광고는 도현에게는 평화, 홍희에게는 인내. 핸드폰의 볼륨을 줄이자 홀의 티브이 소리가 들려왔다. 뉴스, 또 뉴스. 홍희는 더 이상 세상의 뉴스에 관심이 없다. 같은 소식을 오전에 듣고 오후에 듣고, 저녁에 또다시 듣는 일이 지겨웠다. 자신과 별상관도 없는 내용들이어서 세상은 넓고 나쁜 놈들은 많다는 사실만 확인시켜줄 뿐인 뉴스를 언젠가부터 외면하게 되었다.

전에는 챙겨 보는 프로그램도 더러 있었다. 토크쇼나 드라마 같은 프로. 요즘 예능이라고 통칭하는 프로들은 어쩐지 별 재미를 못 느끼게 되었다. 시시콜콜한 이야기까지 궁금할 정도로 관심 가는 연예인도 없었고. 드라마는 속도가 너무 빠르게 느껴졌다. 퇴근하고 나면 늘어져서 휴식 삼아 보는 게 드라마였는데 요즘 인기 있다는 드라마들은 피곤했다. 티브이 앞에 붙어 공부하듯 집중해야 겨우 스토리를 따라갈 수 있는 빡빡한 드라마가 홍희는 별로다. 그나마 식당에서는 드라마를 볼 수도 없었다. 일하는 중에 보기가 쉽지 않기도 했고 싫어했기 때문이다. 손님이 싫어한다고 사장이 싫어했다. 식당에선 그저 뉴스고, 뉴스 채널은 너무 많고. 지긋지긋한 뉴스.

언제였던가, 토크쇼가 한창 유행하던 시절, 가끔 반가운 사람이 나오곤 했다. 지금보다 나을 건 하나도 없던 시절이었지만 지금보다 젊어서 좋기도 했던 시절이었다. 그때 어떤 토크쇼에 배철수가 출연했었다.

저는 53년생입니다. 전쟁통에도 사랑이 있었습니다. 젊은이 여러분, 사랑하세요.

대충 이런 말이었던 걸로 기억하는데 홍희가 듣기에는 아주 그럴듯했다. 하긴 무슨 말이든 배철수가 하면 있어 보였다. 신기했다. 젊었을 땐 반항기가 멋져 보이더니 나이들수록 지적이고 세련된 이미지가 강해진 데다 진정성 같은 것이 나이테처럼 켜켜이 쌓인 느낌이었다. 아무튼, 그럼에도 불구하고, 그때 홍희는 생각했다. 전쟁과 카드빚 중에 더 무서운 게 뭘까. 전쟁통에도 있었다던 사랑이 카드빚 앞에선 어림없었다. 사랑 같은 건 홍희에겐 사치품에 불과했다. 게다가, 남편을 무슨 사랑씩이나. 돈은 갖다주지 않고 카드빚만 떠넘기는 남편을.

그날, 배철수가 등장한 토크쇼가 재방인지 삼방인지 방영되는 동안 홍희의 눈은 자꾸만 티브이 화면에 꽂혔다. 음식을 나르면서도 눈 따로, 손 따로.

어어, 아줌마! 얻다 놓는 거야!

정신을 차렸을 때는 그릇 하나가 이미 손님의 허벅지 위로 떨어져 바닥에 뒹굴고 있었다. 양복바지에 감자조림 국물이

끈적하게 흘렀다. 남자가 벌떡 일어서서 바짓자락을 흔들었다. 홍희는 얼른 탁자 위의 물수건으로 남자의 허벅지를 문질렀다.

죄송합니다, 이걸 어째. 죄송……

물수건이 남자의 바지에 닿자 남자는 황급히 뒤로 물러났다.

아니! 이 아줌마가! 지금 뭐 하는 거야! 이봐요! 사장! 사장 오라고 해!

홀이 갑자기 조용해졌다. 손님들의 시선이 사내에게로, 다시 홍희에게로 쏠리고 계산대에 있던 사장이 달려왔다. 홍희는 물수건을 꼭 쥔 채 고개를 대여섯 번 깊이 숙인 다음 그 자리를 벗어났다.

계속되는 토크쇼를 뒤로하고 홍희는 주방을 통과해 뒷문으로 난 식당 마당으로 나갔다. 구석에 양파 망과 식자재가 무더기로 쌓여 있었다. 마당 한쪽에는 큰 고무 통에 갈라놓은 배추가 절여져 있었고, 그 주변으로 물이 고여 있었다. 그 옆에 쭈그리고 앉았다. 참으려 해도 피식피식 웃음이 새어 나왔다. 식당 아줌마로 보낸 세월이 얼만데 그만한 일에 정신이 팔려 손님 허벅지에 그릇을 놓다니. 홍희의 웃음은 자신의 실수가 어이없어서이기도 했지만 사내의 옷에 음식을 쏟은 게 통쾌해서이기도 했다. 사내가 자리에 앉으면서부터 반말을 찍찍 뱉었기 때문이다. 이런 식의 사고를 치고 나면 문제는 항상 손님이 아니라 사장이었다. 사장 눈 밖에 나는 게 걱정이지 손님이야 다시 오든 말든 홍희가 신경 쓸 일이 아니었다.

다 모두다 사랑하리이이······ •

홍희는 도현이 짜증을 내거나 말거나 노래를 따라 불렀다. 이제 또 광고가 나오겠지. 지겨운 광고. 어, 그런데 갑자기 배철수 목소리가 들렸다. 뭐라고? 영상 공모전? 추억의 영상? 수세미로 그릇을 문지르던 홍희의 손길이 뚝 멈췄다.

박 여사, 지금 제사 지내요?

주방장이 불퉁한 소리로 한마디했다. 홍희가 주방장 쪽을 봤다.

아, 그릇 하나 붙잡고 지금!

주방장이 칼끝으로 설거지통을 가리켰다. 언제 가져다놓았는지 수북하게 쌓인 그릇 위로 물이 콸콸 흘렀다. 홍희는 수도 꼭지를 잠그고 어깨를 으쓱거리며 근육을 푸는 시늉을 했다. 사장도 아니면서 잠시 쉬는 꼴을 못 보지. 그런데, UCC 공모전? UCC가 뭐지? 홍희의 손길이 다시 느릿해졌다. 그리고 세 명의 얼굴이 한꺼번에 떠올랐다. 모두들 알고 있을까? 40년 만에 송골매 콘서트에 갈 수 있게 된 역사적 사실을? 홍희는 들떴던 마음이 다시 가라앉는 걸 느끼며 생각에 잠겼다. 연락해? 내가? 어떻게?

• 송골매의 〈모두 다 사랑하리〉에서

D-97 크라잉넛에게 죄를 지었지만

세상 꼴사나운 놈들을 한자리에 다 모아놓은 걸 구경하고 싶다면 어제 거기에 왔어야 했다. 차림새로만 보자면 거기 모인 인간들은 웸블리 정도가 아니라 토성에라도 가서 연주할 태세였다. 요란한 복장일수록 연주는 더 요란했다. 현란이 아니라 요란. 그게 문제였던 거지. 마루가 속한 포포밴드도 명확하게 현란 아닌 요란 그룹으로 분류되었는데 그 그룹들의 공통점이란 튜닝이 제대로 되지 않은 기타와 줄기차게 박자를 놓치는 드럼, 반의 반음 정도 낮게 노래하는 보컬, 기타 등등, 기타 등등이었다. 마루는 어디서 이런 놈들이 튀어나와 여기서 대환장 파티를 하는 건가 싶어 자기가 다 부끄러웠다. 진짜 부끄러웠던 이유는 당연히 포포밴드 때문이었고.

마루는 무대에 오르기 전 이름에서 벌써 글렀다고 불만을 토해냈다. 밴드 이름이 그게 뭐냐. 오디션에 지원할 때부터 항의했지만 리더인 기타는 양보를 몰랐다. 포포밴드? 그게 누구네 강아지 이름이냐? 아님 두루마리 휴지 이름이냐? 손발이 다 오그라든다. 마루가 열 손가락을 오그라뜨리며 몸을 비틀어 보이기까지 했지만 소용없었다. 다른 멤버들은 뭐, 그저 그렇지만 딱히 이거다, 싶은 게 안 떠오르니까, 하고 남의 일인 양 건성으로 반응했다. 넷이서 영원히, Four Forever 포포, 라니! 급조한 팀답게 이름도 급조. 이름은 그렇다 치자. 이 세계에서 급조가 통하지 않는 게 딱 두 가지 있는데 그건 실력과 팀워크였다. 그리고 밴드에서 가장 중요한 건 당연히 그 두 가지고.

마루는 화딱지를 떼어내는 기분으로 손가락에 감긴 밴드를 떼어냈다. 포포밴드 말고 일회용 밴드. 밴드를 떼어낸 왼손 검지와 중지 끝이 물에 불어 하얗게 변해 있었다. 그 옆으로는 끈끈한 접착제와 때가 사이좋게 화합한 상태로 들러붙어 있었고. 상처는 별것 아니었다. 도배든 욕실 공사든 이삿짐 나르기든 마루는 가리지 않고 일을 나갔다. 장갑을 끼고 해도 집에 와서 보면 어딘가 조금씩 쓸리고 베인 곳이 발견되곤 했다. 상처는 늘 장갑보다 동작이 잽싸다. 그런 일을 하면서 손에 자잘한 상처가 없기를 바란다면 도둑놈이겠지만 문제는 별것 아닌 손가락 상처가 기타리스트에게는 치명적이라는 거다. 며칠 전 나갔던 일에서 마루는 새 상처를 하나 달고 들어왔다. 오디션 때문에 각별히 조심하고 몸을 사렸으나 커터에 손을 베였다. 그러게 테이프를 자를 때 볼펜 끝으로 툭 찌르라고 몇 번을 말했냐고 팀장이 핀잔을 주었다. 하지만 몇 번을 시도해봐도 안 되는 걸 어쩌라고. 오디션까지 이틀. 마루는 수시로 연고를 바르고 밴드를 갈아 붙였으나 그게 금방 깨끗이 나을 리가 있나. 그 손으로 코드를 잡았으니 붙는 게 기적이었겠다. 그나마 다행이었던 건 오디션에서 떨어진 게 오로지 마루 때문은 아니었다는 사실.

에이, 씨!

마루는 밴드를 아무데나 휙 던져버렸다.

어제는 술도 한잔 마시지 않고 그냥 헤어졌다. 넷 다 마음이 상할 대로 상했던 거다. 그도 그럴 만했던 것이 준비해 간 곡을 반도 못 하고 쫓겨나다시피 무대에서 내려왔기 때문이다. 아무래도 그 곡이 무리였지. 전주도 없는 곡을 겁없이 고르다니. 보컬이 첫 음부터 말아먹을 줄 알았나. 크라잉넛의 〈밤이 깊었네〉가 고음이 없으면서도 신나는 곡이라 방심했던 거다. 크라잉넛이 연주할 땐 멋졌는데 막상 무대에 서니까 와, 그게 그렇게 다르더라고. '밤이 깊었네헤'의 '밤이'에서부터 음정을 틀릴 줄이야. 그다음은 진짜 말하기도 싫다. 밤도 아닌 대낮에 술도 안 마신 놈들이 모조리 '흔들리고 있'었다. 리더인 기타 새끼는 첫 음 이후부터 보컬을 틈틈이 째렸고, 베이스 소리가 이상한 걸 눈치챘는지 그 사이사이 나를 째렸고, 제일 신나게 연주해야 할 드럼 새끼가—이 곡은 그야말로 드럼을 위한 드럼에 의한 드럼의 곡인데—제 맘대로 빨라졌다 느려졌다 하는 바람에 그 와중에 그 새끼까지 째리느라 기타 소리도 엉망이 되어 버린 거다. 크라잉넛에게 큰 죄를 지은 기분이었다. 체육관을 나오면서는 아무도 말하지 않았다. 뭐 한 명이라도 제대로 한 사람이 있어야 못한 사람을 원망이라도 하지.

간만에 들어온 일을 거절하고 간 마당에 그렇게 되고 보니 마루의 울적지수는 만렙을 찍었다. 어제까지만 해도 자고 나면 괜찮아질 것 같았는데 자고 나니 더 울적했다. 일도 놓치고 오디션도 망치고. 일은 오늘도 없고, 내일도 없을 예정이고, 모레도…… 뭐, 또 연락 오겠지. 일이 없어 그렇지 생기기만 하면 불러주겠지. 이래 봬도 몸 사리고 농땡이 치는 놈은 아니니까. 아저씨들도 다 알지.

마루는 손가락 끝을 엄지로 살살 문질렀다. 기타 치던 손이라 나름대로 굳은살이 박였는데도 꽤 깊이 베였다. 한 이틀 쉬고 나면 아물겠지. 상처보다 예선에 붙고 나면 엄마한테 전화하려고 했다가 틀어진 게 속상했다. 좋은 일이 있어야 전화도 기분 좋게 할 거 아닌가. 엄마는 의외로 밴드 활동을 적극 지지하는 편이고 전화도 늘 반갑게 받아주지만 왜 그런지 마음과 달리 전화하기가 쉽지 않다. 하긴 애를 좀 먹이긴 했지. 그래도 아빠만큼은 아니야.

차라리. 누워 있던 마루가 허공을 차며 벌떡 일어나 앉았다. 깔끔하게 떨어진 게 잘된 일일지도 모른다는 생각이 들었다. 어차피 그 실력으론 예선을 통과해봤자 그다음에 바로 떨어질 거고, 순전히 운이 좋아 붙는대도 그다음에는 반드시 떨어질 거였다. 그건 참가자 대부분의 운명이고. 와, 거기 온 놈들은 다 뭐 하는 놈들이냐. 마루는 그런 실력으로 꾸역꾸역 나타난 놈들도 놀라웠고, 그런 놈들이 그토록 많다는 것도 신기했다. 오디션 나가는 것보다 로또를 사는 것이 현명한 일일지도 모른다. 온 국민이 오디션에 나선 지가 십 년은 된 것 같은데 십 년 연습한 사람은 그중 얼마나 될까. 마루는 십 년 됐다. 딱 십 년. 연습한 지가 아니라 기타 산 지가. 그거 사려고 편의점 알바를 악착같이 했었다. 기타를 사고 남은 돈으로는 라이더 재킷을 샀다. 기타에는 가죽이지! 라이더 재킷 위에 기타를 메고 집을 나왔다. 엄마한테는 미안했지만 엄마 등쳐먹는 사람은 아빠 하나로도 충분했으니까.

샤워부터 하자. 마루는 일어나 욕실로 들어갔다. 누군가를 등쳐먹진 않겠다. 마루가 스무 살에 집을 나오면서 한 결심이다. 결심이 결행으로 이어지는 과정은 지난했고 일 없는 날 종일 지하 원룸에서 뒹굴다보면 울적해졌다. 울적해서 기타를 퉁긴 거였고. 실력이 그다지 늘지 않은 걸 보면 덜 울적했다고 해야 하나. 세찬 물줄기를 맞으며 몸을 문지르다 문득 그 팀이 떠올랐다. 앞의 앞 순서로 무대에 올랐던 팀. 척 보기에도 50대 아재들로 이루어진 직장인 밴드, 아니, 직장에서도 이젠 대충 밀려났을 아재들 밴드로 보였는데 왕년엔 좀 했는지 어쨌는지 모르겠지만 포포밴드와 거의 막상막하였다. 말하자면 박빙. 그런데 박빙이 이럴 때 쓰는 말 맞나?

씻고 일단 나가자. 어제는 미웠지만 오늘은 또 오늘. 기타 새끼든, 드럼 새끼든, 보컬 새끼든 누구라도 만나야지. 밴드가 뭐 실력으로 하는 건가. 밴드는 의리라며, 새끼들! 근데 그 아재 밴드는 몇 년째 합을 맞췄을까? 그 팀도 의리 빼면 뭐 남는 거 없겠더라고. 노래도 이상한 걸 부르던데. 중얼중얼하면서 랩도 아닌 것이 창도 아닌 것이, 뭐더라, 무슨 탈, 무슨 탈, 탈춤을 추자, 뭐 이런 희한한 걸. 더 희한한 사실은 그 노래가 자꾸 입에서 맴도는 거였다. 마루는 물소리에 맞춰 흥얼거렸다.

탈! 춤을! 추자! ●

● 활주로의 〈탈춤〉에서

D-94 굴욕의 컨시드

괜찮아, 괜찮아. 그 정도면 잘하는 거야. 그렇죠?

남편이 일행에게 다 들리도록 큰 소리로 너스레를 떨었으나 그들의 얼굴에선 불만이 가시지 않았다. 남편은 몸을 기울여 미호의 귀에 속삭였다. 좀 전까지 호쾌하게 웃던 얼굴이 어느새 구겨져 있었다.

파는 해야 한다고 몇 번을 말했어. 연습 좀 하라니까. 5파 홀인데 그걸 못 넣고. 에이⋯⋯

보기를 했을 때였다. 남편이 다가와 등을 두드리고 응원하는 척하며 재촉했다.

돌겠네. 잘 좀 쳐봐.

미호는 자꾸 손에 땀이 찼다. 이마에도 땀이 맺혔고 낯이 화끈거려 시원한 곳에 들어가고 싶은 마음밖에 없었다. 비가 오려는지 먹구름이 몰려들기 시작했는데 정작 비는 내리지 않고 습도만 높아져 찌는 듯이 더웠다. 미호는 할 수만 있다면 티셔츠에 달린 칼라를 찢어 내던지고 싶었다. 점점 숨이 답답해져서 옷이든 모자든 장갑이든 전부 훌훌 벗어버리고 싶었다. 다른 건 다 참아도 골프장에서의 더위는 정말 참기 어려웠다. 더위보다 골프가 더 참기 어려웠고, 그보다 사람이 몇 배 더 힘들었다.

죄송합니다. 정말 죄송해요. 저 때문에……

미호는 아까부터 자꾸 시간을 체크하는 일행에게 살짝 묵례를 하며 조심스럽게 웃어 보였다.

아닙니다. 느긋하게 하세요. 조바심 내면 맞을 공도 안 맞습니다.

남자는 점잖게 응대했지만 다음 홀에서 또 시간을 체크할 거였다. 미호는 그린의 굴곡을 살핀 후 아이언을 살짝 휘둘렀다. 공은 홀을 향해 굴러가는 듯하다가 엉뚱하게 방향을 틀었다. 미호는 울고 싶었다.

컨시드 드려야겠네.

남자가 크게 봐준다는 듯 짓궂게 말했다. 얼핏 봐도 홀에서 2미터는 넘었다. 이 정도 거리의 공을 들어갔다고 쳐주는 건 굴욕이나 다름없었다. 미호는 일행인 상대 부부를 향해 한 번 더 고개를 살짝 숙였다. 애초에 운동에는 소질이 없는 자신을 이리저리 구슬려서 끌고 다니는 남편이 미웠다. 싫다고 몇 번을 말해도 남편은 못 들은 척했다. 잘 못 쳐도 괜찮다. 처음엔 누구나 그렇다. 그냥 따라가서 어색하지 않게 분위기만 맞춰 줘라. 다들 그런다. 남편은 그렇게 말했다. 다들 그러긴. 다들 얼마나 잘 치는지 미호는 라운딩을 나갈 때마다 주눅이 들었다. 더구나 남편은 그렇게 구슬릴 땐 언제고 이런 상황에서 자신을 몰아세우지 않나.

컨시드를 받고 나자 두 홀이 남았다. 미호는 현기증이 나서 그 자리에 주저앉고 싶을 때가 여러 번이었지만 버텼다. 남편은 상대 남자보다 실력이 월등히 좋았으나, 충분히 넣을 수 있는 공을 흘려보내 이글을 버디로, 버디는 파로, 파는 보기로 만들고 있었다. 결국 한 타 차이로 남자가 이기게 했다.

허허, 이거 이렇게 끝낼 수는 없습니다. 설욕할 기회를 주셔야 합니다.

남편의 말에 남자가 미호를 흘깃 보았다.

다음엔 우리 사나이끼리만 치는 것도 좋지요. 멤버는 다시 꾸려보도록 하고요. 제가 모시겠습니다.

상대의 의중을 파악한 남편이 재빨리 덧붙였다. 그런 면에서 남편은 확실히 사업하는 사람다웠다. 남자의 얼굴이 확 펴졌다. 그래도 미호 마음만큼은 아니었을 것이다.

사우나에서 미호는 얼른 땀만 씻어내고 나왔다. 필드에서는 잔뜩 주눅이 들어 찬찬히 살펴보지 못했는데 이제 보니 여자는 미호보다 훨씬 젊어 보였다. 아내가 아니라 애인일 수도 있겠다는 생각이 들었다. 어쩌면 나이 차이가 아주 많이 나는 아내일 수도 있겠지만 그렇다면 재혼이거나. 그런 생각을 하며 여자 쪽을 물끄러미 보다 눈이 마주쳤다. 탈의실에서 옷부터 챙겨 입는 미호와 달리 여자는 벗은 채로 화장을 하고 있었다. 여자가 허리를 꼿꼿하게 세우며 미호를 향해 웃었다. 그 웃음이 순전한 호의나 예의가 아니라 어딘지 모르게 아랫사람을 대하는 듯한 표정이어서 약간 어이가 없었지만 그러려니 하고 말았다. 이런 모욕을 남편은 수도 없이 겪었을 테지.

여자가 구불거리는 긴 머리를 말리는 동안 미호는 밖으로 나왔다. 두 남자가 로비에서 기다리고 있었다.

빨리 나왔네? 천천히 나와도 되는데.

다른 때 같았으면 오래 걸렸다고 핀잔을 줬을 것이다. 남편이 이러는 게 받들어 모셔야 할 일행 때문이라는 걸 모를 수 없는 분위기였다. 그러니까 맨 아래 미호, 맨 위 여자. 가운데 두 남자의 위치도 따지나 마나. 미호가 조금 떨어져 소파에 앉자 두 남자가 소리를 낮춰 알아들을 수 없는 대화를 계속했다. 미호는 전화기를 꺼내 이것저것 내키는 대로 뒤적거렸다. 이제 요기를 하러 식당으로 자리를 옮길 것이고 아마 두 남자는 반주를 할 터이고 미호는 돌아가는 길에 운전을 해야 할 것이다. 어쨌든 앞으로 두세 시간이면 끝날 일정이었다. 조금만 더 참자고, 미호는 마음을 달랬다. 엄지로 화면을 획획 넘기거나 링크를 따라가기도 하면서. 그러다 미호의 눈이 가느스름해졌

다. 손을 쭉 내밀어 전화기를 눈에서 멀리 떼놓으며 한 자 한
자 따라 읽었다. 열. 망. 재. 결. 합.

D-88 열심히 살고 벌을 받다

왜 안 가? 가.

가기 싫어졌어. 고생하기 싫어.

젊어 고생은 사서 한다잖아.

살 게 없어서 그런 걸 사? 나 살 거 많아. 가방도 사야 되고, 차도 사야 되고. 맞다. 집도 사야지.

내 말이. 그런 거 척척 사려면 유학 갔다 오는 게 좋아. 그래야 늦게까지 일해.

늦게까지 일할 마음 없어. 할 만큼 하고 놀 거야. 가방, 차 다 엄마가 사줘. 그니까 빨리 돈 벌러 가.

할 만큼 하고 놀겠다는 딸의 말에 숨은 뜻을 알겠어서 은수는 더 말을 하지 못했다. 엄마처럼 열심히 일하지 않겠다는 거지. 쉬지 않고 수십 년을 일하다가 급기야 병을 얻은 엄마가 어리석어 보인 걸까. 딸은 입학 허가가 난 상태에서 미국 대학원 진학을 포기했다. 남들이 부러워할 만한 학교에다 전액 장학금까지 받는 조건이었다. 모든 것이 순조롭게 진행되었다. 딸은 사춘기도 거의 표 나지 않을 정도로 수월하게 넘겼고 우수한 성적으로 대학에 진학해서 학점도 잘 받아왔다. 그런데 이제 와서 딸의 발목을 잡는 엄마가 되다니. 그럴 수는 없었다.

교연아……

은수는 딸의 손을 끌어와 잡았다. 은수의 손목에 매달린 링거 줄이 흔들거렸다. 또래 아이들은 거칠 것 없이 들떠 있을 주말에 병실을 지키는 딸을 보노라면 은수는 몸의 말단부터 중심까지 퍼런 칼날로 저며내는 듯했다. 딸의 손은 유난히 주름이 없다. 매끈하고 보얀 손등을 은수는 손바닥으로 계속 쓸었다. 이 보드라운 손을 얼마나 더 쓸어볼 수 있을까. 갑자기 눈앞이 흐려져 은수는 시선을 창밖으로 돌려버렸다. 교연의 숨소리에 섞여 든 흐느낌이 병실 안을 천천히 메워갔다. 은수도 자꾸 눈물이 맺혀서 교연을 다시 쳐다볼 수가 없었다.

은수는 최근 몇 달간 체중이 지속적으로 감소하면서 기력이 쇠했다. 맨 처음 갔던 동네 가정의학과에서는 별일 아닐 거라고 했는데 그때만 해도 지금만큼 살이 빠지지는 않은 상태였다. 의사의 처방대로 정량의 영양제를 빠뜨리지 않았고 몸에 해로운 음식은 철저히 가려내고 건강식품만 먹었다. 역시 처방을 따라 과하지 않은 유산소운동과 근력운동도 병행했다.

그런데도 자꾸 살이 내렸다. 처음 몇 킬로 줄었을 때는 주변에서 다들 부러워했다. 만나는 사람마다 무슨 다이어트 중이냐고 물었을 뿐 아니라, 다이어트는 하지 않는다고 답하면 좋은 거 혼자만 하느냐고 샐쭉해지기까지 했다. 그럴 때마다 웃어넘겼지만 같은 상황이 반복되면서 점점 웃어넘기기가 힘들어졌다. 우쭐했던 마음이 빠르게 불안 쪽으로 기우는 사이 10킬로 가까이 체중이 줄어들었다. 어째서 이렇게 살이 빠질까. 10대 때부터 수십 번 넘게 시도하고 실패한 다이어트였다. 한 달동안 2킬로 빼면 다시 한 달 만에 복구된 체중 더하기 2킬로가 기본이었는데 도대체 무슨 까닭일까. 은수는 걱정 때문에 수면 장애에 시달리기까지 했다.

그다음 간 곳은 용하다는 한의원이었다. 한자를 섞어 기가 허하다는 등의 진단을 내리지 않을까 했던 예상과 달리 한의사는 영어로 명쾌하게 정리했다. 번아웃입니다. 그의 진단에 은수는 힘차게 고개를 끄덕였다. 한의사의 자신만만한 태도가 신뢰를 준 것은 물론, 번아웃이 바로 자신을 위해 발명된 말이 틀림없다는 반가움마저 들었다. 그리고 명쾌하게 마음이 정리되었다. 그래, 이젠 애쓰지 말고 설렁설렁 사는 거야. 은수는 이번에도 열심히 치료를 받았다.

애초에 은수에게 설렁설렁은 어려운 일이어서 치료 날짜와 시간, 약 먹는 시간을 단 한 번도 놓치지 않고 정확하게 지켰다. 녹용을 넣은 약을 두 제 먹고 웅담 침과 사향 침을 맞았다.

웅담 침을 맞을 때 50대 남자가 울었다는 침구사의 말을 들을 때만 해도 그 나이에 남자가 쪽팔리게 우냐, 했는데 사향 침을 맞고는 더 이상 그를 조롱할 수 없었다. 침을 꽂아 약을 흘려넣는 순간 심장이 멎는 듯 강력한 충격이 왔다. 은수의 눈에서 눈물이 주르르 흘렀다. 창피해할 겨를이 없었다. 50대 중년 남자도 그랬을 테지. 나이들면서 연하고 예쁜 건 잃어가는 반면 구차하고 기름진 건 쌓이게 마련이라지만 눈물샘만큼은 정직한 상태로 남아 있었던 거지. 그토록 성실하게 침을 맞고 보약을 먹고 뜸을 뜨고 심지어 거북목과 척추 측만까지 바로잡아야겠다고 추나 치료도 받았으나 체중은 시나브로 줄어들었다.

대학병원에 진료 예약을 걸어두고 집에서 가까운 종합병원에 입원을 했다. 상급 종합병원은 어떤 곳은 6개월 후 초진이 가능한 곳도 있었고 어떤 곳은 3개월 후, 같은 병원이어도 담당의를 누구로 정하느냐에 따라 몇 달씩 차이가 났다. 종합병원은 은수의 일생에서 필요할 때 제꺽 열리지 않는 유일한 문이었다. 그리 대단치는 않지만 원하는 대로 살아왔고 다급하게 두드려야 할 문은 없었다. 노력한 만큼, 애쓴 만큼의 결과를 얻은 인생이었는데 왜 이런 일이 생긴 걸까. 너무 열심히 살아서 벌을 받은 건가. 그러지 말아야 했나.

엄마는…… 이제 돈은 그만 벌 거야. 돈이 많아서가 아니라. 그냥 그럴 거야.

은수가 목소리를 가다듬고 담담한 척 말했다. 그냥이 아니

라 이젠 벌고 싶어도 벌 수 없는 몸이 되었다는 사실을 교연에
게 굳이 확인시키고 싶지 않았다.

그럼 쉬어. 나랑 여행이나 다녀. 유학은 싫고 여행은 가고
싶어.

아빠를……

은수는 말을 꺼내다 집어넣었다. 이런 식으로 체중이 빠지
면 죽는 일만 남았다는 말을 여기저기서 들었지만 그래도 아
직은 아니었다. 보드라운 교연에게 아빠를 잘 보살피라는 말
같은 건 아직 하면 안 되는 거였다. 그러고 싶지도 않았고. 천
둥벌거숭이 같은 그 남자를 대체 어쩌면 좋을까.

D-85 미슐랭 ★★★

이상욱 선생님! 이러면 되겠어요, 안 되겠어요?

기민이 가리킨 곳은 개수대였다. 소파에 비스듬히 누워 있던 상욱이 느릿느릿 일어나 앉았다.

아, 왜애? 또 뭐어?

기민이 상욱과 눈을 맞추며 눈썹을 치켜올렸다.

왜요? 뭐가요?

상욱이 바로 말투를 바꿨다. 상욱과 기민에게는 절대 흔들리지 않는 규칙이 하나 있는데 그건 기민이 반말을 할 때만 상욱도 반말을 한다는 것이다. 그러니까 기민이 존댓말을 하면 상욱도 반드시 존댓말을 해야 하는 것. 결혼할 때 기민이 내세운 조건 중 하나였는데 이걸 어기면 기민은 두말없이 가방을 쌌다. 지금까지 기민은 딱 두 번 가방을 쌌다. 첫 번째는 신혼

초, 시어머니 때문에 한판 크게 붙었을 때였다. 그때 상욱은 헤게모니를 장악해보겠답시고 반말로 버티다가 결국 바닷가의 민박집에 가서 기민을 데려왔다. 바닷가에서 세상 편하게 쉬고 있던 기민은 상욱이 찾아오자 세상 가장 불행한 여자의 처연한 표정을 지어내는 데 성공했다.

훗날 기민은 두고두고 무용담을 늘어놓았다.

그러니까 나갈 땐 애를 두고 가야 해. 그래야 죽을 맞이거든. 애 데리고 나가는 머저리는 성공 못 해. 다들 오해하는 게 말이야. 애를 데리고 나가야 이긴다고 생각하잖아? 천만에! 애를 두고 혼자 몸만 빠져나가야 기진맥진해서 백기를 든다고!

동네 친구들에게 이런 이야기를 의기양양하게 늘어놓을 때면 그들 모두 감탄하며 입을 모았다.

근데 남편 안 무서워? 나이도 열 살이나 많다면서.

기민의 대답은 명징했다.

무섭지. 그래도 그 사람은 내가 더 무서울걸?

기민은 의외로―이건 상욱의 표현이다―똑똑한 데가 있었다. 아니다. 그게 아니라 기민은 매우 똑똑하고 현명하다. 특히 한 가정의 중심을 잡는 놀라운 균형 감각이 있었다. 이것 역시 상욱의 표현에 의하자면 독재였고 막무가내였지만 결과를 놓고 보자면 기민의 뜻대로 되지 않은 건 없었을 뿐만 아니라 지금의 단란한 상태를 보자면 자신의 뜻이 모조리 가정의 행복에 기여했다는 기민의 자체 판단에 상욱은 전혀 반기를 들수도, 들 필요도 없었다. 고3 때 수학 점수 붙박이 15점으로 당시 수학 교사였던 상욱이 혀를 차게 만들었던 기민의 완승.

두 번째 가출 때는 배짱이 좀 더 두둑해졌다. 가지 말고 아이 수학 공부 좀 시켜주라던 기민의 말을 무시하고 밤낚시를 다녀온 상욱이 발견한 건 개수대에 수북이 쌓인 그릇들과 국물이 남아 있는 라면 냄비였다.

엄마는?

몰라.

언제 나갔어?

글쎄.

언제 온대?

모른다니까.

뭔가 싸한 느낌에 상욱은 베란다 창고로 달려갔다. 방학 때 해외여행이나 가야 꺼내곤 하던 대형 캐리어가 없었다. 그때 울리던 메시지 알람. 택시비 카드 결제. 그 뒤로도 알람이 계속 울렸다. 고급 식당에서. 백화점 옷집에서. 그다음은 5성급 호텔 커피숍이었다. 그리고 호텔 디포짓 승인. 호텔에 입성했으니 더는 카드 그을 일은 없겠지. 상욱도 나름대로 계획을 세웠다. 일단 씻고 밤새 못 잔 잠을 자기로 했다. 그다음엔 간단하게 요기를 했고, 설거지를 했고, 그러고 나서야 차를 몰고 호텔로 갔다. 그사이에도 카드 결제 알림이 몇 건 도착해 있었다. 호텔 근처 백화점에서 무언가를 사들인 모양이었다.

그러니까 상욱이 기민을 데리러 간 건 기민이 걱정되거나 화가 나서였다기보다 시간이 갈수록 결제해야 할 액수가 팍팍 늘어나기 때문이었다. 첫 번째는 기민이 걱정되어 바닷가까지 찾아갔다면 두 번째는 기민보다 돈이 더 걱정이었던 건데 기민은 정말이지 나이와 상황에 맞게 기민하게 대처한 셈이었으니 과연 현명한 아내라고 할 만했다.

그 두 번의 가출 이후 상욱이 납작 엎드린 모양새였다고 하기에는 뭐랄까, 평소 기민의 태도가 더할 나위 없이 다정하고 상냥하면서도 애교가 넘치는 열 살 연하의 아내다웠으므로 상욱은 아직도 기민이 그저 귀엽고 사랑스러울 뿐이었던 것이다. 따지고 보면 예전부터 기민은 그랬다. 그게 언제였냐면 20세기의 어느 날이었고 어디였냐면 교실이었다.

또 15점이야!

상욱이 채점한 답지를 건네면서 혀를 찼다.

5점이라도 올려보자. 니가 지금 반 평균 다 깎아먹는 건 알지?

기민은 배시시 웃기만 했다.

내가 미적분 하라고는 안 해. 이차방정식까지만이라도 하자. 그러면 너 25점은 나온다?

샘, 차라리 순열이 나아요. 노가다 하면 되거든요. 이차방정식은 그게 안 되잖아요?

기민이 눈을 동그랗게 뜨고 너무나 진지하게 말하는 바람에 상욱은 터지는 웃음을 참느라 고개를 푹 꺾었다. 총각 수학 선생이라고 놀리는 건가. 아니다. 기민은 언제 어디서든 기죽는 법이 없는 여학생이었고 그건 형편없는 시험 점수 앞이라고 다르지 않았다. 웃음을 참느라 내리간 눈에 다음 번호 답지가 보였다. 김은수 95. 역시 은수로군. 마지막 킬러 문항은 은수에게도 역시 무리였을 것이다. 일본에서 공수한 최신 문제집에서 고르고 골라 낸 문제였으니까.

김은수, 95.

은수가 덤덤한 표정으로 나갔다.

뭣들 해? 박수 안 쳐? 전교 최고 점수야. 동점도 없어.

아이들이 뜨뜻미지근하게 박수를 했다. 열광할 일은 아니었다. 수학에서 95라는 점수는 먼 우주에서 쏘아 보내는 신호만큼이나 아득했고, 실재하는지 않은지조차 알 수 없었기 때문이다. 대부분의 학생들에게는 세상 무엇이든 그보다는 중요하게 여겨졌던 것이다. 이를테면 스물아홉 살 총각 선생이 하필 수학 교사일 게 뭐냐, 음악이나 미술같이 좀 말랑말랑한 과목 담당이면 얼마나 좋아, 하는 따위. 상욱이 훤칠한 미남은 아니었지만 여학교의 총각 선생은 존재 자체가 레어템이었기 때문에 한번 웃기만 해도 뭇 소녀들의 잔잔한 가슴에 물수제비를 뜨는 격이었다.

은수는 표정 하나 변하지 않고 두 손으로 공손히 답지를 받아 자리에 앉았다. 기민은 은수가 자리에 앉을 때까지 환호성을 지르며 손뼉을 쳤는데 그렇게 아무 사심이나 시샘 없이 기뻐해주는 아이는 기민이 유일했다. 다른 아이들은 그런 기민의 태도에 그저 그러려니, 쟤는 원래 저래, 하는 눈길로 잠깐 쳐다보다 말았다. 오히려 상욱만이 그런 기민을 흐뭇한 마음으로 바라보긴 했으나 그것도 아주 잠깐일 뿐이었다. 여학교의 총각 선생은 특정 학생에게 3초 이상 시선을 주면 안 된다는 충고를 부임 초부터 누누이 들었기 때문이다.

답지를 다 나누어준 상욱은 조용히 교과서를 펴고 진도를 나갔다. 이제 은수를 비롯해 다섯 명 정도만 이끌어가면 되는 시간이었다. 나머지 아이들은 졸거나, 공상을 하거나, 짝과 소곤거리거나 할 거였다. 대놓고 엎드려 자지만 않으면 상욱은 별로 문제삼지 않았다. 수학은 워낙 그런 과목이었으니까. 기민은 주로 만화책이나 〈TV 가이드〉 같은 잡지를 보는 쪽이었다. 순진무구하고 천연덕스럽긴 했으나 뻔뻔한 아이는 아니어서 그것들을 볼 때는 책상 밑 혹은 수학 책 밑에 깔았다. 그게 예의였다.

왜긴요. 뭐긴요.

그로부터 30여 년이 흐르고 난 지금 무언가 들키는 건 상욱의 몫이었다. 기민은 상욱을 그야말로 확 휘어잡았다. 귀여운 협박과 애교와 밀당을 적절하게 배합한 레시피야말로 미슐랭

별 세 개를 받을 만했다. 기민의 손가락이 가리킨 곳은 물기를 닦지 않은 개수대 주변이었다.

설거지 다 했는데요.

상욱은 귀찮아하는 기색을 최대한 억누르고 공손하게 항의했다. 기민이 상욱을 휘어잡을 수 있었던 것은 상욱이 기꺼이 잡혀주었기 때문이지.

물기를 닦으라고요. 그게 설거지의 완성! 알았어요? 풀이 과정 다 써놓고 답을 안 썼다, 이거잖아요, 선생님?

상욱이 무겁게 몸을 일으켜 물기를 닦고 나서 행주를 빨아서 탁탁 턴 다음 널었다. 기민이 상욱의 궁둥이를 톡톡 두드리며 말했다.

100점!

D-82 라디오의 온도

열흘도 넘게 홍희는 한 가지 생각만 했다. UCC 공모전.
UCC가 뭔지도 몰랐던 홍희는 검색을 몇 번 해보고서야 감을
잡았다. User Created Contents. 사용자가 직접 제작한 콘텐
츠라는데 홍희에게는 머나먼 외계의 복잡한 기술 같았다. 어
떻게 찍는지는 고사하고 무엇을 찍어야 하는지도 모르겠다.
그런 건 감독이나 피디나 뭐 이런 사람들이 하는 거 아니었나.
핸드폰으로 동영상을 찍으면 되는 건가. 그다음엔 어떻게 해
야 하나. 채택된 영상은 콘서트장에서 공개한다고 했는데. 뭔
가 하긴 하고 싶은데. 아무것도 안 하기엔 송골매에 바친 애정
이 너무 아깝고 그 시절이 너무 반짝여서 홍희는 병이 날 것만
같았다.

예전에 홍희가 할 수 있었던 건 엽서 꾸미기였다. 그건 진짜

자신 있었다. 중고등학교 시절 취미 생활이 라디오 방송국에 엽서 보내는 거였으니까. 딱히 취미랄 게 없던 시절이었다. 티브이나 라디오를 제외하면 문화생활이랍시고 할 수 있는 것이 별로 없었다. 그리고 그건 거의 공짜라서 열광할 수 있었던 거다. 한 장에 얼마였더라, 20원이었던가? 50원? 관제엽서를 사서 그림을 그리고 색칠하고 심지어 가장자리에 코바늘로 레이스를 뜬 적도 있었다. 엽서는 가끔 뽑히기도 해서 예쁜 엽서 전시회에 쭐레쭐레 구경을 가기도 했다. 그때 핸드폰이 있었더라면 엽서 앞에 서서 기념사진이라도 찍어두었을 텐데. 그야말로 인생 샷.

그 무렵 홍희의 일과는 새벽 두 시에 끝났다. 애국가가 나올 때까지 티브이 앞에 붙어 있다가 그마저 꺼진 후 라디오로 듣던 심야의 디제이 목소리는 얼마나 달콤했던가. 홍희 인생에 그들만큼 다정하게 속삭이는 남자는 다시는 없었다. 그때처럼 심야까지 자지 않고 버티는 날들도 없었고. 홍희는 지금도 그때 녹음한 테이프를 몇 개 가지고 있다. 주로 가요이고 중간중간 팝송도 섞여 있다. 이제는 재생할 기기가 없어서 아무 소용이 없지만 어떤 물건은 간직하는 행위 자체가 쓸모이기도 하지.

아, 쫌! 어린 홍희는 녹음하다 말고 짜증을 부리곤 했다. 디제이들은 왜 하나같이 전주가 시작되어도 멘트를 멈추지 않는 건지. 더구나 홍희가 듣던 지방 방송 디제이는 유명 연예인도 아니었건만. 어린 홍희에게 전주에 걸쳐진 멘트는 심술로밖에 여겨지지 않았으나 그때는 그게 유행이었고 나름대로의 멋이 었다. 디제이의 멘트는 잔뜩 각 잡은 목소리에 오글거리는 내용이 주를 이루었는데 그게 모두 방송 작가가 써준 것임을 나중에 알게 되고는 일말의 배신감을 느끼기도 했고, 그런 사정을 모르고 특정 디제이를 살짝 흠모했던 일에는 부끄러운 마음이 들기도 했다.

아마도, 홍희의 일생을 통틀어 가장 밀착되었던 기계는 라디오였을 것이다. 지금은 그 자리를 핸드폰이 물려받았지만, 누가 뭐래도 라디오에 비하자면 핸드폰과 더 밀착된 상태이지만, 라디오와 핸드폰은 뭐랄까, 온도라고 해야 할까, 감촉이라고 해야 할까, 그런 것이 전혀 다르다. 말하자면 따끈한 호빵과 아이스 아메리카노의 차이 같은 것?

마루가 앱을 깔아준 덕분에 라디오는 이제 핸드폰으로도 들을 수 있다. 앱 이름이 미니, 콩, 고릴라였다. 홍희는 유치하다고 웃었는데 마루 말에 의하면 요즘은 이렇게 소소하고 구체적인 이름이 대세라고 했다. 멜론이 처음 나왔을 때에도 웬 멜론? 했다면서. 멜론이 뭐냐고 물었다가 마루의 한숨 소리를 들어야만 했다.

어쨌든 지금은 한가하게 앱 이름이나 떠올리고 있을 때가 아니다. 그놈의 UCC라는 것을 생각해야 한다. 그런데 웃기는 건 이렇게 생각한다고 뭐가 된다는 보장이 없는 거다. 모르는 걸 어떻게 생각하나. 배워야 하는 거 아닌가. 생각할 게 아니라.

홍희가 정말 한 가지 생각만 한 건 아니다. 사실은 UCC보다 친구들을 더 많이 생각하고 그들에 대해 더 깊이 고민했다. 송 골매가 38년 만에 재결합 콘서트를 하는 마당에 이런 식으로 살 수는 없다. 어쩌다 이렇게 되었을까. 학교 때 친구들과 이 나이에도 변함없는 관계를 유지하는 사람들이 얼마나 될까만 그래도 이건 아니다. 우리는 그런 친구들이 아니었잖아. 죽을 때까지 친구 하자는 말은 해본 적도 없었다. 그런 말이 필요 없 는 사이였으니까. 언제까지고 변하지 않을 거라고 믿었고 단 한 번도 의심하지 않았으니까.

지금도 우리가 진짜 친구라고 자신 있게 말할 수 있나. 먹고 살기 바쁜데 친구가 다 무슨 소용이람. 그랬다가 마치 불경죄 라도 저지른 것 같아 서둘러 털어냈다. 도무지 정리가 되지 않 았다. 폭우가 쏟아진 후의 개울처럼 바닥까지 온통 휘저어진 느낌이었다. 가장 깊은 곳에 꼭꼭 눌러놓았던 잔돌들이 멋대 로 휩쓸리고 부딪혀 마음에 생채기를 내고 있었다. 미호, 은수, 기민이라는 돌은 흘러가지도 않고 가라앉지도 않으면서 홍희 의 가슴을 긁었다.

홍희는 핸드폰을 멀거니 들여다봤다. 오래전 그 시절에 이 것이 있었더라면 좀 달랐을까. 어쩌면, 아니 분명히 달랐겠지. 졸업을 하고 뿔뿔이 흩어지고도 단톡방에서 매일 수다를 늘 어놓고 이런저런 사진을 주고받으며 일상을 나누었을 것이다.

지금은 기억조차 가물거리는 첫사랑과 첫 키스와 결혼과 출산, 육아 같은 역사를 꾸준히 공유해왔을 것이다.

정말 그럴 수 있었을까. 셋은 몰라도 홍희 자신이 살아온 이야기들을 빠짐없이 다 나눌 수 있었을까. 그 힘겹고 초라하고 대책 없던 날들을? 미호와 틀어진 일을 보면 그게 가능했을 것 같지 않았다. 오히려 흐지부지 연락이 끊어진 은수나 기민과는 나쁜 기억이 없어 다행인 건가.

홍희는 핸드폰에 입력된 전화번호를 체크한다. 은수나 기민의 번호는 없다. 없는 걸 알면서도 아래위로 훑는다. ㅁ에서 멈추지 않으려고.

D-79 밴드는 의리

한강 변은 더웠다.

6월에 벌써 이렇게 더우면 어떡하냐.

마루가 마스크로 부채질을 하며 말했다.

그래도 여긴 시원하잖아. 강바람도 불고.

드럼은 만나면 무조건 한강으로 가자고 했다.

바람? 바람이 어딨냐!

마루가 화를 냈다. 덥지만 않으면 한강도 좋지. 라면도 팔고, 술도 팔고. 소리도 지를 수 있고. 라면과 술은 함께 먹고 마셔도 소리 지르는 놈은 딱 하나다. 보컬. 그런데 이 새끼가 요새 좀 이상해졌다. 단톡방에서도 반응이 뜨고 나오라면 갖은 핑계를 대고 요리조리 피한다. 집에 갑자기 일이 생겼다, 친구 알바 대타 뛰러 왔다 등등. 아무리 봐도 거짓말 같아서 며칠 전에는 무조건 튀어 오라고 반협박을 했더니 몸이 무겁고 열이 좀 있다는 거다. 목도 아프다 하고. 참 나. 코로나 걸린 게 두 달 전이었는데 또 걸렸다고?

야, 그 새끼 치사하지 않냐?

기타가 라면 가락을 저으며 투덜댔다. 마루랑 드럼은 더위에 늘어져 편의점 아아만 마시고 있는데 기타 저 독한 놈! 뜨거운 라면을 먹다니!

열 있다잖냐.

그니까. 그거 백 퍼 거짓말 아니냐고. 어쩔 건데, 이거잖아.

기타.

에이, 설마.

드럼.

설마가 아니라 못 믿겠어. 아니 안 믿어. 뭐 있어, 그 새끼. 멀쩡하다에 내가 이 손가락, 아니 손가락은 안 되고 내 발가락 건다.

기타.

뭘 거냐, 걸긴. 걸려면 돈을 걸어.

드럼.

이 새긴 속도 편해. 넌 씨팔, 눈치도 없냐?

기타.

무슨 눈치?

마루의 반문에 기타가 면치기로 라면 가락을 후룩 끌어올리고 말했다.

내가 밴드 원 데이, 투 데이 한 거 아니다. 딱 견적 나와.

기타는 가끔 꼰대 말투를 쓴다. 밴드 경력이 제일 길긴 하지만 생일은 마루나 드럼이 더 빠른데.

무슨 말 해?

마루가 그렇게 말하고 빨대를 물었다.

야, 야, 그걸 꼭 말로 해야 알어? 벌써 눈치가 빤한데. 밴드는 뭐다?

의, 의리?

드럼이 그새 김빠진 소리로 답했다.

마루는 빨대를 문 채 머릿속으로 날짜를 셈했다. 오디션 망친 지 3주가 다 되어간다. 연습을 안 한 것도 그만큼 됐고. 그러고 보니 이제 슬슬 연습을 시작하자는 말이 나올 때마다 보컬의 반응이 뜨뜻미지근했다. 우리가 언제 그렇게 악착같이 연습했다고, 오디션도 폭망한 마당에 그럴 수도 있지, 했던 건데 기타의 말을 듣고 보니 아무래도 뭔가 일이 심상찮게 돌아가는 것 같았다. 아, 씨, 졸라 덥네. 어째 강가에 바람이 한줄기도 안 부냐. 마루는 마스크를 쫙 펴서 다시 부채질을 했다. 바람이 일 리가 있냐. 열라 부채질하느라 더 덥다.

야, 우리 한강에 그만 오자.

아, 또 왜!

드럼.

더워.

야, 내가 죄에에엥일 지하 클럽에서 청소하고 심부름하고 어? 여기라도 와야 신선한 공기도 좀 마시고 어? 싸나이 포부도 좀 키우고 그러지. 그렇게 협조를 안 해주냐! 어?

드럼.

그럼 혼자 오든가! 이제 더 더워지면 이삿짐 나르는 것도 그렇고 공사 시다 하는 것도 그렇고 숨만 쉬어도 힘들다고! 놀 때만이라도 어디 에어컨 틀어주는 데로 좀 가자!

그런 데는 돈 들지. 세상에 공짜 냉방이 있냐.

마루의 불평에 기타가 시원하지도 않은 찬물을 팍 끼얹었다. 밴드는 의리라면서 이 새끼들은 같이 더위 먹는 걸 의리로 여기나. 2 대 1로 밀리는 바람에 마루는 다시 빨대를 물었다. 커피는 다 마신 지 오래고 얼음만 버석거렸다. 마루는 팔목에 매달린 굵은 팔찌를 끌러 주머니에 넣었다. 목걸이는 집에서 나오자마자 벗어버렸다. 날 더운데 주렁주렁 걸고 차고 이게 다 뭐 하는 짓이냐고. 오디션도 떨어진 주제에.

그러면.

드럼이 갑자기 목소리를 쫙 깔았다.

이제 우리 좆 된 거냐? 보컬도 없이?

……

기타는 말없이 라면 국물을 들이켰다.

아직 확실한 것도 아닌데 너무 나가지 말지?

마루는 너무 쉽게 포기하고 함부로 말하는 기타나 드럼이 밉다.

벌써 딱 각이 나오잖냐! 그 새끼 안 나오고 연락 피하는 거 보면 모르냐?

기타가 마음을 정리하듯 태연하게 라면 국물을 다 마시고 쓰레기를 버렸다. 기타의 확인 사살에 드럼이 실망한 표정으로 마루와 눈을 마주쳤다.

야, 야! 우리가 보컬 없어서 좆 될 거 같냐? 오디션에서 보컬 때문에 좆 된 거 벌써 까먹었냐? 보컬은 또 구하면 돼. 널린 게 보컬이거덩?

좀 전까지 밴드는 의리라던 기타가 이렇게 나올 줄이야.

너가 밴드는 의리라며……

마루가 못마땅해 기어이 한마디해버렸다.

그러취! 밴드는 의리지! 근데 새끼가 이런 식으로 배신 때린다, 이거잖아!

아닐 수도 있잖아!

마루의 항변에 기타가 픽 웃으며 집게손가락을 들어 좌우로 까딱거렸다. 기타가 확신하는 걸 보면 그럴지도 몰랐다. 뭐, 이러냐. 우리가 실력은 없어도 백발 될 때까지 깨지지는 말자며 롤링 스톤스 티셔츠까지 하나씩 사 입은 게 얼마나 됐다고. 마루는 자신의 가슴을 물끄러미 내려다봤다. 어이, 세상이 그런 거야. 순진하긴. 빨간 입술 사이로 내민 기다란 혀가 그렇게 놀리는 것 같았다. 마루는 말없이 일어나 편의점으로 갔다. 소주 세 병을 들고 돌아와 한 병씩 던져줬다.

더우면 마시지 말든가.

뭐래? 라면엔 소주지.

드럼과 기타가 각자의 병을 땄다. 잔은 없고, 각 1병. 나발.

D-76 얼굴을 가리고 마음을 숨기고

미호는 더 이상 음악에 집중하는 사람이 아니다. 결혼할 때 혼수로 해 온 오디오는 얼마나 혹사시켰던지 진작 고장나서 처분했다. 처분이라는 말은 관대하다. 버렸다. 1층 쓰레기장에 내려놓았다가 아무래도 마음이 불편해서 잠시 후 다시 내려갔을 때는 흔적조차 없었다.

다시 마련한 오디오는 제법 값이 나가는 물건이었다. 미호는 오디오라면 아는 게 별로 없었다. 소장한 음반도 많지 않았고. 좋아하는 가수들의 앨범이나 클래식을 가끔 꺼내 듣곤 했는데 그나마 요즘은 잘 듣게 되지 않았다. 매사 재미가 없었고 귀찮았다. 핸드폰에서 스트리밍할 수 있는 곡들이 무한한 시대에 굳이 음반을 꺼내서 닦고 턴테이블에 올리고, 다 돌아가면 판을 갈고, 그런 일련의 과정들이 번거로웠다. 귀가 까다롭지 않은 미호에게도 음질이야 물론 완전히 달랐지만 핸드폰에서 재생되는 음악도 블루투스 스피커로는 들을 만했다.

무엇보다도 미호에게 이제 음악은 대부분 노동요였다. 요리할 때나 설거지할 때, 청소할 때, 심지어 샤워할 때까지 이런저런 플레이리스트들을 재생하곤 했다. 조용히 음악에만 귀를 기울일 기회는 좀처럼 생기지 않았고, 그런 기회를 만들어볼 의욕도 생겨나지 않았다. 그러니 집에 구비해둔 오디오는 순전히 구색인 셈이었다. 애초에 집의 수준에 맞는 제품으로 가격대를 보고 고른 물건이기도 했다. 집값의 100분의 1에 해당하는 가격이 적당하다는 말을 듣고 그쯤에 맞춰서 들인 것이다. 자신의 자동차보다는 쌌고 한 달 생활비보다는 비쌌다. 미호는 오디오를 볼 때마다 자신을 향해 속엣말을 했다. 이 오갈 데 없는 속물!

미호는 오랜만에 오디오에 전원을 넣었다. 집이 좁았다면 진작 버려졌을지도 모를 엘피판을 뒤적거리다 한 장을 뽑아서 턴테이블에 올리고 볼륨을 높였다.

가고 오지 못한다는 말을 철없던 시절에 들었노라
만수산을 떠나간 그 내 님을 오늘 날 만날 수 있다면
고락에 겨운 내 입술로 모든 얘기 할 수도 있지만
나는 세상 모르고 살았노라
나는 세상 모르고 살았노라 ●

거친 목소리와 흥겨운 연주가 거실에 울려 퍼졌다.

돌아 서면 무심타는 말이 그 무슨 뜻인줄 알았으랴 ●

명치 부근이 뻐근해졌다. 오래전 이 노래를 처음 들었을 때엔
신이 나서 따라 부르곤 했었다. 가고 오지 못한다는 말의 절망
감도 몰랐고, 고락에 겨운 입술은 상상조차 못 했으며, 돌아서면
무심타는 말의 야속함도 미처 몰랐다. 그저 흥에 겨워 따라 불
렀다. 해야 할 심부름도 없고, 집에 혼자 남겨진 날이면 장독대
에 올라가 휴대용 녹음기를 틀어놓고 큰 소리로 노래했다.

드럼의 비트와 강렬한 기타 소리도 좋았지만 툭툭 내뱉듯
부르는 창법이 그렇게 매력적일 수가 없었다. 그런 식으로 노
래하는 가수를 이전에는 못 봤다. 미호는 따라 부르고 또 부르
고, 식구들 중 누군가 돌아올 때까지 혼자 목청껏 불렀다. 엄마
는 가게에, 아버지는 잔업을 하느라 회사에, 오빠는 독서실에
있었다. 대학생 언니는 통금 직전까지 싸돌아다니다 들어왔
다. 오롯이 혼자였던 그 저녁과 밤이 그 시절 미호의 사춘기를
사춘기답게 만들었다.

대학에 진학한 미호가 뭣도 모르고 탈반에 덜컥 가입한 건
순전히 노래 한 곡 때문이었다. 학내 서클 소개차 신입생 오
리엔테이션에 들어온 선배들은 한 명이라도 더 자기네 서클
에 가입시키고자 열을 올렸다. 탈반 선배들이 험상궂거나 우
스꽝스러운 탈을 뒤집어쓴 채 덩실덩실 춤을 추었을 때 미호
는 한 치의 망설임도 없이 마음을 굳혔다. 이거다! 탈춤을 추

● 송골매의 〈세상 모르고 살았노라〉에서

는 거야!

신입생 환영회는 천장이 곧 내려앉을 듯한 막걸릿집에서 열렸다. 짓궂은 선배들이 신입생들에게 노래를 시켰다. 어디서 배웠는지 제법 젓가락 장단까지 넣어가며 흥을 북돋웠는데 선배들이 이미 투쟁가를 열띠게 부른 뒤라 신입생들은 머뭇거리기만 할 뿐 아무도 선뜻 노래를 부르지 못했다. 선배들은 낄낄거리면서 막걸리 한 사발을 벌주로 내밀었고, 기본이 원샷이었다. 몇몇 남학생들이 흑기사 핑계를 대고 술잔을 빼앗다시피 대신 마셔주기도 했다. 흑기사는 무슨. 그때 그 친구들은 모조리 술에 걸신들린 듯했다.

구석 자리에서 시작해 한 바퀴를 빙 돌면서 미호의 순서가 되었다. 막걸리 한 사발을 원샷할 자신은 없었고, 그렇다고 천장에 닿을 듯 키만 삐죽 큰 낯선 여학생을 위해 흑기사로 나설 남학생도 없을 것 같아 미호는 자리에서 벌떡 일어났다. 어림도 없어 보이던 고집을 부려 서울로 유학 올 때 미호의 목표는 하나였다. 다르게 살아보자. 주눅 들고, 존재감 없이, 늘 우울을 기본값으로 깔고 앉은 듯하던 과거의 자신을 버리고 당차고 적극적인 성격을 선택하자. 용기가 필요했다. 미호는 튀어나올 것처럼 쿵쾅거리는 심장을 느끼면서 심호흡을 한 다음 허리를 꼿꼿하게 세우고 노래를 시작했다.

하늘에 구름 떠나네 보라색 그 향기도 ●

시끌시끌하던 소리가 음 소거 버튼을 누른 것처럼 일제히 사라졌다.

이 몸이 하늘이면 얼마나 좋을까

내 곁에 사랑도 가네 빨간 입맞춤도 ●

꿀꺽, 하고 막걸리 넘기는 소리가 끼어들었다. 누군가 그쪽을 향해 눈을 흘기며 집게손가락을 세워 입술에 갖다 댔다.

타오르는 태양도 날아가는 저 새도

다 모두다 사랑하리 ●

마지막 소절에서 미호는 지그시 눈을 감았다. 그러고 몇 초쯤 지났을까. 눈을 떴을 때는 모든 눈동자가 자신에게 집중되어 있었다. 좌중은 고요했다. 신입생 환영회가 시작되고 가장 고요한 순간이었다. 미호는 큰 숙제를 해치운 것처럼 홀가분했고 한편 쑥스러웠다. 너무 조용해서, 괜한 짓을 했나, 하는 불안이 고개를 드는 순간 옆자리의 남학생이 소리를 질렀다.

가요가 웬 말입니까!

좌중의 무리들이 꿈에서 화들짝 깬 얼굴로 일제히 그를 보았다. 미호는 어정쩡하게 서 있다가 주춤거리며 슬며시 자리에 앉았다. 얘 뭐지?

우리가 민족의 전통을 이어받자고 모인 거 아닙니까!

불쾌하게 달아오른 얼굴들이 실룩거리기 시작했다. 이걸 웃어, 말어, 하는 표정으로.

민중의 저항, 민초들의 한풀이, 지배층 풍자, 뭐 이런 거 하자는 거 아니냐고요!

_____

● 송골매의 〈모두 다 사랑하리〉에서

몇몇은 킥킥거렸고 몇몇은 이 무슨 황당한 짓이냐, 하는 표정을 지었다. 미호는 이러지도 저러지도 못했다. 다만 저 아이는 왜 저러나, 술자리에서 노래 부르래서 딴에는 없는 용기를 쥐어짜내 불렀더니 저게 무슨 망발인가 싶기는 했다. 말인즉 틀리지는 않았으나 저 자식이 저만 저항하고 저만 한 맺혔나, 하는 뜨악한 표정들이 방 안을 마구 날아다녔다. 친분도 다지고 군기도 잡아야 할 신입생 환영회에서 쓸데없이 오버하는 저 녀석을 어떻게 다루어야 할지 전술적으로 고뇌하는 선배들의 표정도 볼만했다. 그때였다.

짝. 짝. 짝.

선명하게 울린 박수 소리는 마치 판사가 의사봉을 내리치듯 근엄하기 그지없었다. 벽 모서리에 기대어 심드렁한 표정으로 술잔만 기울이던 더벅머리 선배였다. 그 소리를 신호로 조심스런 박수 소리가 이쪽저쪽에서 가세하더니 마침내 환호성과 합쳐져 방 안을 뒤흔들었다. 저항이니, 한풀이니 하던 남학생의 표정이 의기양양해졌다.

너, 이름이 뭐라고?

더벅머리가 물었다.

현홉니다. 주현호.

현호 너, 가요는 귀족이 부르는 거라고 생각해?

의기양양하던 표정은 차츰 일그러졌고 얼굴은 벌겋게 달아올랐다. 이제 분위기는 수습 불가 국면으로 들어서고 있었다.

누군가 야, 대충 해, 라고 했고, 또 누군가는 에이, 또 시작이군, 이라고 했다.

미호는 어째야 좋을지 몰라 30명쯤 되는 무리의 표정을 살폈다. 눈을 내리깔거나, 술잔을 만지작거리거나, 담배를 피워 무는 그들에게서 별다른 수습책이 나올 것 같지는 않았다. 미호가 벌떡 일어났다. 이왕 이렇게 된 거, 밀쳐봐야 본전이다. 아님 말고. 이런 계산이었다. 아니다. 그건 계산이 아니라 무모하고 고귀한 희생이었다. 미호는 갈 데까지 가보자는 오기를 발뒤꿈치에서부터 끌어올렸다.

얼굴을 가리고! ●

감미롭던 아까의 노래와는 영 딴판인 노래였다.

마음을 숨기고! ●

모두의 시선이 다시 미호에게로 집중되었고, 비아냥과 푸념으로 웅성거리던 방은 다시 조용해졌다.

어깨를 흔들며! ●

누군가 따라 부르기 시작했다.

고개를 저어라! ●

휘익, 휘파람 소리가 상 위를 날았다.

너는 총각탈! ●

얼씨구! 추임새와 함께 두더지 게임처럼 한 명씩 불쑥불쑥 일어섰다.

나는 각시탈! ●

절씨구! 이제 자리에 앉은 사람은 현호와 더벅머리뿐이었다.

소맷자락 휘날리며 덩실덩실 춤을 추자! •

난리가 났다. 누가 탈반 아니랄까봐 일제히 덩실거리며 팔을 휘젓기 시작하는데, 수십 명이 다다다닥 붙어 앉아 있던 막걸릿집 방 안에서 일제히 술에 취해 팔을 휘젓는 광경이란 한편 장관이었으나 다른 한편으론 난장판이었던 것이다.

한삼자락 휘감으며 비틀비틀 춤을 추자! •

휘감을 한삼 자락은 없고, 들어올릴 술잔은 있었던 탓에 너나 할 것 없이 비틀거리며 막걸릿잔을 들어올리고 '춤을 추자!'라고 소리소리 질렀다. 술이 쏟아지고, 서로 부딪혀 엎어지고 자빠지고. 그날의 신입생 환영회는 이후 수십 년간 전설로 남았다. 그날 이후 학창 시절 내내 미호는 '카수'이자 여신이었다. 그럼 현호는? 현호는 탈반의 찐따가 될 뻔하였으나 더벅머리의 총애에 힘입어 집회 때마다 맨 앞줄에서 돌을 던지는 운동권이 되었고.

어느새 노래는 끝나 있었다. 그날의 기억은 30년이 훌쩍 지났어도 마치 어제인 양 생생했다. 그날의 술자리와 현호의 무모한 어깃장을 떠올리노라면 아직도 웃음이 났다. 현호가 그때 왜 유치한 무리수를 던졌는지는 나중에 드러났다. 자신은 흑기사를 자청하려고 화장실에 다녀오는 척하면서 간신히 옆

• 활주로의 〈탈춤〉에서

자리를 꿰차고 앉았는데 미호가 기다렸다는 듯 노래를 불러버린 바람에 약이 올랐다고 했다. 더 결정적인 이유는 다른 데 있었다. 생각지도 못했던 미호의 열창에 딴 놈들이 입을 떡 벌리고 특히 마지막에는 박수조차 잊을 정도로 혼이 나간 걸 보고는 이 분위기 위험하다는 위기의식에 필사적으로 딴죽을 걸었다는 것이었다. 귀여웠다. 현호도 그런 적이 있었던 것이다. 지금의 모습을 보면 전생의 일이 아닐까 싶지만. 그랬던 현호가, 아니 남편이 이제는 니글거리는 사업가가 되어 골프장에서 살다시피 한다. 세상이 변하듯 사람도 변한다.

미호는 다시 바늘을 올렸다.

만수산을 떠나간 그 내 님을 오늘 날 만날 수 있다면 †

억울하다. 떠나간 님 하나 없는 인생이. 신입생 환영회 이후 현호는 꾸준히 미호를 맴돌았고 미호는 그 흔한 미팅도 한번 못 해봤다. 정말로 억울한 인생이다.

고락에 겨운 내 입술로 모든 얘기 할 수도 있지만 †

이건 미호도 좀 알았다. 고락에 겹다는 게 뭔지 아는 나이가 됐다. 꼭 가난에 내몰려야 고락인 것은 아니다. 그걸 모르면 진정한 중년이 아니지.

나는 세상 모르고 살았노라 나는 세상 모르고 살았노라 †

그래도 세상을 잘 안다고 할 수는 없을 것이다. 너무 좁게, 너무 답답하게 지내왔다. 미호가 벗지 못하는 엷은 우울은 그 때문인지도.

돌아 서면 무심타는 말이 그 무슨 뜻인줄 알았으랴 †

헤어져야만 돌아서는 것은 아니다. 현호는 이제 너무 아득한 사람이 되어버렸다. 친구였던 현호가 애인이 되고 남편이 되어 가장이 되면서 조금씩 다른 사람이 되어갔다. 자신도 함께 다른 사람이 되어가야 했을까? 부부니까 현호의 변화에 발맞추어 똑같이? 그게 가능한 일일까? 현호는 아는 세상을 미호만 모르고 살아온 건 아닐까? 둘 사이에 느껴지는 간극은 그것 때문일까? 미호는 노랫말을 중얼거렸다.

세상 모르고 살았노라. †

눈자위가 뜨거워졌다. 미호는 장식장의 위스키를 꺼내어 따른 후 한 번에 털어 넣었다. 막걸리 한 사발을 못 마시던 사람이 위스키 스트레이트를 탁 털어 넣는 술꾼이 되었으니 세상은 몰라도 술은 알게 되었달까. 나도 변하긴 변했네. 미호가 빈 잔을 만지작거리며 혼잣말을 했다.

† 송골매의 〈세상 모르고 살았노라〉에서

D-73 옛날 애인

도현아, 바빠?

도현은 뒷마당에서 채소를 잔뜩 부려놓고 앉아 핸드폰을 보고 있었다. 도현과 겹치는 근무시간은 바쁠 때밖에 없었다. 딱 점심시간과 저녁부터 마감까지. 도현은 오후에 몇 시간 다른 알바를 뛰고 다시 가게로 왔다. 코로나 이전에는 하루 종일 같이 일했지만 코로나 직후 둘 다 근무시간이 줄었고 줄어든 시간은 아직 완전히 회복되지 않았다. 그렇지 않았다면 둘 중 하나가 그만두어야 했을 것이다. 저녁 시간이 끝나면 마감 때까지 홍희는 주방에서 설거지와 청소를 하고 도현은 주로 뒷마당에서 식자재를 손질했다. 서로의 영역을 존중한다기보다 그저 소 닭 보듯 데면데면하게 지내는 사이라고나 할까. 홍희는 도현이 아들 같아 잘해주고 싶지만 도현 입장에선 홍희가 엄마 같아 귀찮기만 한 눈치였다.

졸라 바빠요.

도현이 엄지로 화면을 휙휙 넘기며 대답했다. 매번 이런 식이었다. 전화기 붙잡고 놀면서 바쁘다지. 나도 웬만하면 너한테 부탁 같은 거 안 하거든. 홍희는 그렇게 말하고 싶은 것을 참고 아니꼬움은 더욱 참으며 다가갔다.

저기, 동영상 찍는 거 말이야.

사진 모드 말고 동영상 모드로 해요.

도현은 여전히 핸드폰 화면에만 열중하며 건성으로 대답했다.

야! 아니, 도현아. 나도 그건 알거든?

그럼 뭐요?

그제야 도현이 한 번 흘깃 보았다.

있지, 내가, 짧게, 짧게 찍은 게 좀 있거든?

뭘요? 뭘 찍었는데요?

홍희는 괜히 부끄러워서 머리를 넘겼다. 짧은 파마머리는 넘기기 전에 다 넘어가 있었는데 말이다.

암튼 그걸 말이야, 길게 이으려면 어떻게 해?

도현이 손을 내밀었다. 핸드폰을 보자는 거다.

아니, 그냥 말로 해줘봐.

홍희가 핸드폰을 두 손으로 꽉 움켜쥐었다. 영상을 보여주자니 찍은 모양새도 그렇고 내용도 그렇고 부끄러운 걸 들키는 기분이었다.

검색해봐요. 다 나와.

도현이 다시 자기 핸드폰 화면에 코를 박으며 심드렁하게 말했다. 이래서 요즘 애들한테 뭘 물어볼 수가 없다. 가르쳐줄 생각은 않고 뭐든 검색해보라지. 글쎄, 검색해봤지. 검색으로 알 거 같으면 왜 물어보겠냐. 이렇게 치사하게 나오는데. 홍희는 한 대 콱 쥐어박고 싶은 충동을 찍어 누르며 부드럽게 말했다.

해봤지. 나오더라고. 나오긴 나오는데 봐도 무슨 말인지 모르겠으니까 그러지.

하라는 대로 해봤어요? 해보지도 않고 그런다니까.

해봤다. 그것도 한두 번 해본 게 아니다. 아니지, 해본 게 아니라 해보려고 해봤지. 그런데 뭘 어떻게 해야 하는지 알 수가 없었다. 컴퓨터를 사야 하는 건지, 핸드폰을 바꿔야 하는 건지 도무지 알 길이 없었다. 누가 좀 속 시원히 가르쳐주면 좋겠는데.

뭐, 못 보여줄 걸 찍었나보네.

도현이 중얼거리곤 피식 웃었다. 홍희는 도현이 놀리는 줄 알면서도 약이 올랐다. 아닌데 아니라고 말하기도 구차하고, 가만있기도 억울하고, 아니면서 얼굴은 자꾸 달아오르고, 그래서 더 바짝 약이 올랐다.

에에, 박 여사 얼굴 빨개지네?

능글맞게 놀려대는 도현의 말에 홍희는 홱 돌아섰다. 그대로 주방으로 들어가려다 머뭇머뭇하던 끝에 다시 도현을 보았다.

……

무어라 한마디쯤 퍼붓고 싶은데 마땅히 떠오르는 말이 없었다. 야, 너 그러지 마라. 너, 나 무시하냐. 야, 나도 너만 할 때는…… 에휴, 말을 말자. 결국 한마디도 못 하고 주방으로 들어왔다.

설거짓거리가 잔뜩 쌓여 있었다. 노래는 이럴 때 듣는 거지. 유튜브를 열려고 핸드폰을 켜자 저장 용량이 부족하다는 경고창이 계속 떴다. 워낙 저렴한 기종이라 그런가. 그깟 동영상 좀 찍었다고 말이야. 웬만한 사진들은 다 버려서 이젠 더 삭제할 것도 없었다. 홍희는 다시 뒷마당으로 나갔다.

여기.

잠금 패턴을 풀고 동영상을 띄운 핸드폰을 불쑥 내밀었다. 도현이 한껏 도도한 표정으로 동영상을 체크했다. 10초 정도 길이의 동영상이 열 개쯤. 두어 개 보다가 바로 한심해하는 표정을 짓는 도현.

이게 뭐야.

왜?

도현이 픽 웃더니 핸드폰을 돌려주었다.

이게 사진이랑 다를 게 뭐예요? 움직임이 없잖아, 움직임이.

동영상이 뭐야? 움직일 동! 몰라요?

　마루의 방이었다가 지금은 창고 방이 된 작은방에서 찾아 낸 옛날 엽서와 책받침, 사진을 하나씩 창가에 놓고 찍은 영상 들이었다. 반지하 집의 창가는 근사한 그림이 나오지 않아 영상에는 배경이 거의 없었다.

　근데 이게 다 누구 사진이에요? 엄청 옛날 사진 같은데?

　있어, 그런 게.

　옛날 애인? 근데 무슨 애인이 이렇게 많아? 이 사람은 어디 서 본 것 같기도 하고……

　옛날 애인이란 말이 어이없어서 홍희는 웃음이 났다. 아니 지. 옛날 애인 맞는다. 옛날에 숱하게 밤잠 설치게 했으니 애인 맞지.

　애인은 한 명이고. 나머지는 애인 친구들이야. 멋있지?

　홍희의 말투에 갑자기 여유가 생겼다.

　너, 나 무시하지 마라. 나도 그런 시절 있었다?

　그 말은 괜히 했나, 금방 후회했다. 갑자기 쓸쓸하고 서글퍼 졌기 때문이다.

　대체 언제 적 사진이에요? 졸라 촌스럽네.

　도현이 킥킥거렸다.

　그러지 마라. 너 내 옛날 애인 누군지 알면 기절한다?

　안물안궁.

　뭐래?

근데 이거 편집해서 뭐 하시게? 옛날 애인한테 보내게?

어.

와아, 박 여사 그렇게 안 봤는데!

그렇게가 어떻겐데?

아니, 그니까, 내 말은……

도현이 우물쭈물했다.

좀 잘 찍어봐요. 이렇게 말고. 동영상이란 게 그렇잖아. 다 기승전결이 있다고!

기승전결?

그니까 엽서랑 사진만 찍을 게 아니라 무슨 스토리가 있어야지. 이건 뭐 사진하고 다를 게 뭐냐고요.

스토리? 무슨 스토리?

와, 진짜! 막 날로 먹으려고? 그걸 왜 나한테 물어요? 나 바쁘다고요!

바쁜 애 붙잡고 뭐 해요, 지금?

언제 나왔는지 주방장이 뒤에 서 있었다.

야, 빨리빨리 하고 들어가. 일도 별로 없는데.

아, 내 말이! 일도 별로 없는데 너무 빨리 하면 안 되죠! 그럼 또 시간 줄인다고!

어이구, 말이나 못하면.

주방장도 도현한테는 못 당한다. 정색을 하자고 들면 주방 시다인 도현쯤 아무것도 아니겠지만 적당히 티격태격하다 그만둔다. 재미있나보다. 주방장은 담뱃불을 붙이고 나서 홍희를 봤다. 아무래도 한마디할 기세여서 홍희는 잰걸음으로 피했다.

핸드폰을 열어 동영상을 모조리 삭제해버렸다. 스토리가 있어야 한다고? 기승전결? 그런 건 빠릿빠릿한 애들이나 할 수 있겠지. 애들이 송골매를 알기나 하고? 도현은 사진을 보고도 누군지 모르잖아? 구창모를 모르다니 홍희는 너무 서운해서 눈물이 찔끔 날 것 같았다. 아무래도 낯이 익었는지 도현은 배철수를 가리키며 어디서 본 얼굴이라고 했다. 하긴 지금 이미지를 생각하면 상상도 안 될 거다. 그런 생각을 하자 피식피식 웃음이 났다. 그랬다가 금방 심각해진다. 그럼 대체 뭘 찍어? 어떻게 찍어? 아이구, 머리야, 아니, 어깨야. 홍희는 주먹으로 뭉친 어깨를 퍽퍽 쳤다.

D-67 닥터 닥터 있어요?

어떡하지? 거길 혼자 가? 우리가 영원히 송골매 찐팬 하기
로 맹세했는데? 영원히가 무슨 뜻이냐고. 나이들고 사는 게
좀 다르다고 해서 영원히가 영원히가 아닌 건 아니잖아? 홍
희는 요즘 계속 그런 생각을 했다. 처음엔 이제 와서 새삼, 이
라고 혼자서도 열없어하다가 생각을 거듭할수록 그래도 그건
아니지 싶었다. 그도 그럴 것이 그놈의 UCC인지 뭔지 찍겠다
고 옛날 사진들을 뒤져보니 그게 전부 다 넷이서 어울려 다니
며 사 모은 것이기 때문이었다. 그걸 사겠다고 그 좋아하던 떡
볶이도 건너뛰고, 여덟 정거장이나 되는 등하굣길을 걸어 다
니지 않았던가. 가방은 또 얼마나 무거웠게. 도시락에 교과서
에, 그뿐이면 말을 안 해. 만화책이 항상 대여섯 권은 들어 있
었으니까.

사진 나왔나 가볼까?

그새 나왔겠어?

그래도 가보자.

누가 먼저랄 것도 없이 넷은 하굣길이면 서로를 찾아 뭉쳐 다녔다. 학교가 파하고 언덕길을 내려올 때면 어찌나 신이 나던지. 분식집과 문구점이 나란히 있던 차도까지 달려 내려온 네 사람은 들뜬 마음을 안고 문구점으로 들어갔다. 비닐로 된 사진 걸이에는 그때 한창 인기 있었던 가수들의 사진이 들어 있었는데, 그런 사진 걸이가 몇 장이나 겹쳐져 있어서 하나하나 들춰보는 것이 하루의 가장 큰 기쁨이고 재미였다. 조용필, 전영록, 박혜성, 이승진, 그리고 송골매. 단체 사진도 있었고 구창모와 배철수의 독사진도 있었다. 그 사진들을 각자 한 장씩만 사려 해도 떡볶이와 라면을 포기해야 했다. 여학생들에게 떡볶이를 능가하는 건 세상에 아무것도 없었는데 말이다.

야, 있다, 있어! 여기 구창모 거!

아아, 좋겠다!

홍희가 열광하면 미호가 부러워했다. 배철수 사진이 들어온 날은 그 반대였고. 은수는 혹시나 할 것까지도 없다는 듯 심드렁한 얼굴을 했다. 이봉환의 독사진은 레어템이었으니까. 기민은 좀 특이했다. 그룹사운드는 한몸이나 마찬가지이기 때문에 누구 한 사람만 좋아할 수는 없다고 했다. 다른 멤버들한테 미안하잖아. 그게 기민의 순정이었다.

문구점에서 허탕을 친 날이면 자연스럽게 분식집 문을 열고 들어섰다. 주로 라면과 떡볶이를 시켰고 어쩌다 은수가 군만두를 추가로 주문하기도 했다. 넷 중 용돈이 가장 풍족한 사람은 언제나 은수였는데 그 이유가 이봉환의 독사진은 별로 없기 때문이었다. 기민은 모든 사진을 다 사들이느라 맨날 빈털터리였다. 빠듯한 용돈을 생각하면 엄청난 과소비였다. 나머지 셋은 좋아하는 마음이 그런 식으로 완벽한 균형을 이룰 수 있다는 게 납득되지 않았다. 그건 혹시 덜 좋아하는 게 아닐까, 혹은 진짜 대단한 경지일까. 한 가지 명백한 사실은 기민의 천연덕스러운 반문에 아무도 토를 달지 못했다는 거다. 오빠들이 알면 서운하지 않겠어?

　어떤 날은 은수가 잔뜩 흥분해서 호들갑을 떨기도 했다. 송골매가 티브이에 출연하면 구창모나 배철수는 꼭 노래를 불렀지만 이봉환은 어쩌다 가끔 한 곡을 부를 뿐이어서 그런 날은 은수가 세상을 다 가진 듯 환희에 찬 얼굴로 그 장면을 두고두고 묘사하는 걸 기꺼이 들어주었다.

　얘들아, 이번에는 봉환 오빠도 노래 불렀다? 봤지? 닥터 닥터 할 때 목에 핏줄 선 거 봤어? 어떡해, 너무 멋있어!

　은수가 기도라도 하는 것처럼 두 손을 꼭 모아 쥐고 눈을 초롱초롱 빛낼 때면 홍희와 미호와 기민도 같이 손을 꼭 모아 쥐며 최선을 다해 반응했다.

　봤지, 봤지! 근데 노래 제목이 뭐라고?

몰라! 닥터 닥터가 제목은 아니래. 제목은 길던데 못 외웠어. 너무 휙 지나갔어.

은수는 금방이라도 울음을 터뜨릴 것처럼 안타까워했다.

우리 빨리 먹고 지하상가 가보자.

은수는 라면을 딱 한 젓가락 먹고는 발을 동동 굴렀다.

이거 먹고.

홍희가 떡볶이를 포크로 찍어 입에 욱여넣으며 대답했다.

난 반대 방향인데……

미호가 그렇게 말했다가 얼른 덧붙였다.

그 노래 제목이 뭐라고?

잘 몰라. 닥터 닥터밖에 기억이 안 나.

얘들아, 빨리 먹자. 지하상가 구경도 하게.

기민도 재촉했다.

그래도 같이 갈 거지?

홍희가 신이 나서 미호에게 물었다. 반대면 어때. 넷이 함께라면 지구 밖이라도 갈 수 있을 것 같았다.

그러니까 어서 먹어! 너무 늦으면 혼난단 말이야.

이제 미호가 더 다그쳤다.

은수가 라면을 후룩 삼키면서 씩 웃었다.

아아, 입천장 홀랑 까졌어.

홍희가 그렇게 말하고 벌린 입 안으로 손부채 바람을 일으켜 넣었다.

기민이 얼른 컵에 찬물을 받아 와 내밀었다. 네 사람은 떡볶이 한 입에 찬물 한 모금, 라면 한 젓가락에 찬물 두 모금을 마시며 깔깔거렸다. 가랑잎만 굴러도 자지러진다는 열일곱 살이었다.

아저씨, 제목은 잘 모르는데요, 팝송인데 가사가 닥터 닥터 어쩌고 하는 거, 그거 있어요?

레코드 가게에 들어서자마자 은수가 숨넘어갈 듯 물었다. 은수는 부끄러워하거나 빼는 아이가 아니었다. 그렇다고 나대는 아이도 아니었다. 공부 잘하고 침착한 아이답게 똑 부러지는 데가 있어서 홍희나 미호가 감탄할 때가 많았다. 홍희 같았으면 제목도 모르는 노래를 그런 식으로 물어보지는 못했을 거였다.

아, 닥터 닥터? 그거 제목이 〈배드 케이스 오브 러빙 유〉야. 별일이네. 어제도 그러더니 오늘도 벌써 몇 명이 찾더니만. 좀 기다려.

은수가 히죽 웃으며 친구들과 눈을 맞췄다. 좀 기다리래. 이런 뜻.

넷은 가게 안에 빼곡하게 꽂힌 레코드판과 카세트테이프를 구경했다. 가나다순으로 정리된 테이프와 음반을 뽑아 살펴보면서 한동안 기다렸다. 가요는 그 무렵 티브이에 자주 나오던 가수들의 노래만 익숙했다. 팝송은 아는 곡이나 뮤지션이 거의 없다시피 했고. 클래식 쪽은 아예 눈길도 주지 않았다. 좀 기다리라던 주인은 자리에 앉은 채로 신문만 뒤적이고 있었다. 학생이라고 무시하는 건가. 맘껏 구경하라고 오히려 기다려주는 건가. ㅈ까지였나, ㅊ까지였나 훑고 나자 주인이 아까와는 달리 다소 냉랭해진 목소리로 말했다.

뭘 그렇게 오래 골라? 살 거면 사고.

넷은 순간 뜨악해져서 서로의 얼굴만 쳐다보았다.

좀 기다리라고 했잖아요.

역시 은수가 또박또박 대꾸했다. 주인이 웃음을 터뜨렸다.

어이구, 좀이 그 좀이 아니지. 하나 있던 건 어제 벌써 누가 사 갔고. 도매상에 주문을 넣었으니까 나중에 다시 와. 얼마나 기다려야 될지는 나도 모르고.

왜요? 주문하면 금방 들어오는 거 아녜요?

얼마 없는 물량이 다 나가버렸대. 한 일주일 있다 다시 와 봐. 그때도 장담은 못 해.

주인의 말에 은수의 어깨가 축 처졌다. 세 친구도 어깨를 축 늘어뜨려주었다.

나오면 전화해줄까?

전화로 알려줘요?

대신 바로 와서 사야 해. 안 오면 팔아야지.

네! 전화해주세요!

은수가 그렇게 대답하곤 친구들을 돌아보았다.

야, 니네들 집 번호 알려주면 안 돼? 난 혼나.

홍희와 미호가 머뭇머뭇했다. 기민은 집에 전화가 없었다. 주인집 전화를 빌려 쓰고 있었기 때문에 친구들도 기민에게는 전화를 잘 걸지 않았다.

난 오빠 알면 죽어. 사진도 다 숨겨놓는다고.

홍희가 풀 죽은 소리를 했다.

우리 집 번호 알려줘. 근데 못 받을지도 몰라. 아저씨, 번호 가요……

미호가 집 전화번호를 알려주곤 싱긋 웃었다.

전화하면 바로 와. 찾는 사람이 많으니까.

걱정 마세요. 꼭 전화해주셔야 돼요. 딴 사람 주면 안 돼요.

넷은 뿌듯한 마음으로 가게를 나섰다.

미호야, 너 전화 꼭 받아. 응?

은수가 다짐을 놓았다.

집에 있으면 받지. 근데 없을 때도 많아서……

왜?

기민이 물었다.

그럴 일이 좀 있어.

뭔데?

나중에…… 그러니까 자주 와보자. 아니, 한 이틀 있다가 매일 와볼까?

기민이 갑자기 돌아서서 다시 가게로 뛰어갔다. 친구들이 어리둥절해하는 사이 기민은 수첩을 꺼내 가게 전화번호를 적고는 다시 뛰어왔다.

학교에 공중전화 있잖아. 끝날 때 일단 거기서 전화 걸어보자. 그럼 미호도 전화 안 기다려도 되고, 응?

야, 너 똑똑하다. 응?

뭘, 난 전화 걸 때 공중전화로 하니까 그렇지.

기민이 해맑게 웃었다. 그때만 해도 전화가 없는 집은 드물었다. 그런데도 기민은 아무렇지 않아 보였다. 오히려 친구를 위해 달려가 번호를 적어 오는 아이가 기민이었다.

그걸 그때 샀던가, 못 샀던가. 로버트 팔머의 〈배드 케이스 오브 러빙 유〉. 어쩌다 라디오에서 그 노래를 듣게 될 때 단 한 번도 은수를 떠올리지 않은 적은 없었다. 그러나 은수는 너무 먼 곳으로 가버렸지. 서울의 내로라하는 대학으로 간 다음부터 연락이 뜸해지다가 결국은 끊어지고 말았다. 그때 지금처럼 핸드폰이 있었더라면 그렇게 소식이 끊어지지는 않았을 것이다. 그다음엔 유학을 갔다고 풍문에 들었다. 그 풍문이란 홍희 자신에게서 시작된 건지도 몰랐다. 은수는 꼭 유학 가서 공부하고, 박사님이 되고, 교수님이 될 거라고 홍희는 늘 입버릇처럼 말하고 다녔고 정말 그럴 거라고 믿었는데, 언젠가부터 은수가 정말 그렇게 되었을 거라고 확신하게 되었다. 은수라면, 틀림없지, 틀림없어.

은수 생각을 하자 홍희의 얼굴에 미소가 돌았다. 그래, 은수.

그런데 이번에 봉환 오빠도 나온다 했던가? 기민은 어떡할까? 우리를 감쪽같이 속이고는 호되게 뒤통수를 후려친 고 앙큼한 계집애를 어떡하지? 미호는 또 어쩐다? 전화해? 하지 마? 미간이 찌푸려지면서 갑자기 가슴이 쿵쾅거리기 시작했다.

홍희는 미호와 마지막으로 만난 날을 잊을 수 없었다. 10년이 지났어도 그 일은 도저히 잊히지 않았다. 미호는 지금이라도 전화만 걸면 연결이 될 것이었다. 10년이면 그리 긴 시간도 아니고. 그런데 은수는? 은수는 어디 있는지 모른다. 어떻게 살고 있는지도. 은수라면 잘 살고 있을 것이다. 기민은 말할 것도 없다. 세상에 기민만큼 잘 사는 사람도 드물 거다. 쉰 살이 넘어가니 그런 건 알 수 있게 되었다. 잘 산다는 게 부유하다는 뜻이 아니라는 것도 알게 되었고. 미호는 부유하지만, 잘 살고 있는지는 잘 모르겠다. 자신은 부유하지도 않고 잘 살고 있는 것 같지도 않으니 따지자면 미호가 더 나은 걸까? 그런데 그런 걸 따져서 뭐 하나. 홍희는 씁쓸하게 웃고 말았다. 마루가 봤으면 썩소라고 했을 그런 웃음. 그건 그렇고 영원히라는 말은 언제까지 유효한 것일까? 영원할 거라 믿은 네 사람이 모조리 죽기 전까지는 살아 있는 말일까?

D-61 잘생긴 남자는 안 돼

엄마, 세 명의 의사에게 진료받아보라는 말 못 들어봤어?

두 번이나 받아봤잖아. 하는 말도 거의 똑같은데.

그래도 혹시 모르니까. 갑자기 췌장암이라는 게 말이 돼?

암은 원래 갑자기 걸리는 거래. 너가 몰라서 그래.

그러지 말고 한 군데만 더 가서 받아보자. 손해 볼 거 없잖아.

수술 날짜까지 받아놨는데 뭘 또 받아.

은수가 짜증을 확 냈다. 교연은 물러서지 않았다. 엄마의 짜증 정도에 물러설 거면 유학을 포기하지도 않았을 거다.

수술 날짜도 아직 한참 남았으니까 그사이에 한 군데만 더 가보자, 응?

은수는 소파에 드러누운 채로 고개를 돌려버렸다.

엄마, 엄마. 우리 엄마. 응? 응?

교연이 은수의 등을 쓸면서 보챘다. 은수가 세상에서 자신보다 소중하다고 믿어온 유일한 사람이 교연이었다. 그런 교연이 지금 눈물을 글썽이며 애원하는데 은수는 다 귀찮았다. 그러고 보면 그동안의 믿음이란 게, 자신의 마음이나 사랑이란 게 모조리 자신의 육신보다 하찮은 것이었나. 은수는 몸을 움직이는 게 이렇게 힘들 줄 몰랐다. 아무 이유도 없이, 별다른 증상도 없이 체중이 쑥쑥 줄더니 이제 암 선고를 받은 상태였다. 암 선고를 받았다고 바로 이렇게 맥을 놓게 되는 건가. 은수는 혹시 몸보다 마음이 문제일까 의심해보기도 했지만 최근들어 이렇다 할 근심도 고민거리도 없었다. 그렇다면 역시 몸이 문제인 거겠지.

내가…… 너무 열심히 살았나……

엄마가 열심히 살긴 했지. 그러니까 이제 좀 쉬자.

그래야지. 쉬어야지.

응, 엄마. 이제 쉬면서 맛있는 거 먹으러 다니고. 좋은 데도 많이 가고.

그래야지. 그런데……

그런데 뭐?

그런데……

그럴 수 있을까, 라는 말이 은수의 입 안에서 돌아다녔다. 이걸 뱉어도 될까. 교연에게 이런 말을 해도 될까. 세상 사람 모두에게 해도 교연에게만은 하면 안 되는 거 아닐까. 은수는 교연의 얼굴을 가만히 올려다보다가 눈을 감았다.

엄마, 나랑 같이 다녀. 내가 같이 다녀줄게.

교연이 은수의 손을 꼭 쥐었다. 교연의 부드러운 살갗이 마디 불거진 은수의 손에 닿는 촉감에 은수는 아주 잠깐이지만 몽글몽글하고 따스한 느낌에 잠겼다. 두 사람은 한참 동안 그렇게 가만히 있었다.

엄마, 어서 낫자. 낫고 나서 어디 갈지 미리 정해놓자.

가긴 어딜 간다고 그래.

가야지. 엄만 여행도 잘 못 다녔잖아. 출장만 다녔지.

여행은 무슨. 이제 와서.

울 엄마, 아직 젊어. 젊다고. 젊었을 때 많이 다녀. 늙으면 못 다닌대.

은수는 자신이 과연 늙을 수 있을지 자신이 없었다. 늙음이 축복이 될 수도 있다는 사실을 아프기 전에는 상상도 하지 못했다. 교연의 빛나는 머리칼과 보송한 피부를 보면 젊음만큼 아름다운 게 있을까 싶었지만 지금의 은수에게 가장 아름다운 모습은 인생의 모든 파도를 넘어 한껏 늙은 사람의 몸이었다. 모세혈관이 내비치는 얇고 투명한 피부와 새하얀 머리칼, 맑음을 잃은 눈동자에 서린 세월과 그로 인한 깨침 같은 것들. 그런 것들이 은수에게는 이제 도달하지 못할 신기루처럼 느껴졌다.

따뜻하고 시원하고 편안한 곳으로 가자.

교연이 힘껏 웃으면서 말했다. 교연은 이제 은수 앞에서 웃을 때 전에 없이 힘을 들였다. 그때마다 은수는 그 몇 배로 힘이 들었다. 저절로 떠오르는 순한 웃음이 아니라 심장을 쥐어짜듯 온 힘을 다해 지어내는 교연의 웃음. 저 아이가 저런 웃음을 웃게 만들어서는 안 되는데.

교연아······

응?

그게 어딘지 알아?

응? 그게······ 내가 찾아볼게.

교연이 다시 금방이라도 울 듯한 얼굴이 되었다.

야, 이 멍충아. 그게 어디긴. 그게 바로 집이야. 겨울에 보일러 틀면 따뜻하고, 여름에 에어컨 틀면 시원하고. 집이 최고로 편하지. 집 떠나면 개고생이야. 넌 어떻게 아직도 그걸 모르니?

웃자고 한 얘기였는데 몰아치듯 길게 말하고 나니 기운이 쭉 빠져 잘 웃어지지가 않았다. 교연의 얼굴만은 울음을 터뜨릴 듯 위태롭던 표정에서 금방 화사하게 펴졌다.

근데 엄마.

교연이 촉촉해진 눈을 반짝거리며 은근한 목소리로 말을 걸었다.

응?

교연이 무슨 말인가 할 듯 말 듯 하다가 고개를 세차게 저었다.

아냐, 암것도.

왜? 뭔데?

아니라니까.

얘가 말을 꺼냈으면 해야지. 왜 하다 말아?

있지, 엄마. 아이, 아직 말하면 안 되는데.

은수가 몸을 반쯤 일으키고 반갑게 물었다.

남친 생겼어? 누구야? 아니, 어떤 애야? 뭐 하는 애야? 몇 살
인데?

아이구, 우리 엄마 신나셨네, 신나셨어. 엄마, 그렇게 좋아?

좋지, 그럼.

은수는 마음 한구석이 찌르르했다. 남자친구 만나 재미있게
지내야 할 시간에 엄마 치다꺼리만 하고 있는 교연이 안쓰러
웠다.

잘생긴 남자는 안 돼.

목소리에 힘도 없으면서 은수가 단호하게 말했다.

왜 안 돼? 잘생겨야 좋지.

왜 안 되긴. 엄마 보면 모르니?

교연이 풋 하고 웃었다.

뭐, 아빠가 그렇게 잘생겼다고?

인물값 하잖니. 지가 무슨 왕잔 줄 알잖아.

엄마, 아빤 원래 그런 성격이지, 생긴 거랑 상관없을걸. 솔직

히 그 정도는 아니다. 응?

하긴 이제 와서 가타부타 무슨 소용이야.

은수가 피식 웃으며 말했다.

엄마 첫사랑 엄청 잘생겼었다고 그랬지? 왜, 몇 번이나 말했었잖아.

은수가 다시 소파에 드러누웠다. 첫사랑. 그랬다. 정말 잘생긴 남자였다.

엄마 고등학교 때 좋아했다고 그랬잖아. 근데 나이가 너무 많아서 포기했다며.

그랬지.

은수가 조그맣게 킥킥거리기 시작했다.

왜 웃어?

교연이 놀리듯 물었다.

웃기잖아. 연예인 좋아하면서 나이 차이가 나네 어쩌네 하는 거.

뭐가 웃겨. 그땐 그럴 수도 있지. 나도 그땐 나이 많은 연예인 좋아했어.

누구? 맨날 아이돌 쫓아다녀놓구선.

그건…… 조지 클루니를 쫓아다닐 순 없으니까 그랬지.

뭐? 야! 조지 클루니가 몇 살인데 그래!

음…… 아빠보다 많더라?

얘가 점점!

그러고선 은수가 힘겹게 일어나 앉았다.

너 설마?

아니야, 그런 거. 엄마, 남친은 잘 골라야지. 여태 고르기만 해서 탈이지만.

생겼다는 거 아니었어? 난 또……

은수는 다시 소파에 드러누웠다.

그래서 말인데 엄마…… 혹시 그 첫사랑 만나보고 싶은 생각 없어?

뭐어? 얘가? 됐어. 첫사랑은 무슨 첫사랑이야. 사귄 것도 아닌데. 아니, 이것도 말이 이상하다. 만나보고 싶으면 뭐, 너가 만나게 해줄 수 있어? 말이 되는 소릴 해. 아이고, 기운 없다. 쓰잘데없는 얘기 그만해.

말은 그렇게 하면서도 은수의 몸 어딘가에서 엔도르핀이 솟아나는 것 같았다. 키보드 위를 달리는 이봉환의 팔뚝이 환영처럼 눈앞을 질주했다. 힘줄이 불끈 솟은 튼튼한 팔뚝으로 건반이 부서져라 두드렸었지. 글리산도 주법으로 건반을 좌르륵 훑을 때 살짝 보이던 장난기 어린 미소와 적당히 곱슬거리는 머리칼, 오똑한 콧날과 선명하게 쌍꺼풀 진 눈매까지, 그 시절 그 모습은 잊히지도 않았다. 그래봤자 다 지난 일일 뿐이었다. 이제 와서 뭘. 활동도 하지 않는 흘러간 그룹사운드를 어쩌라고. 아니, 그게 문제가 아니라, 지금은 자신의 몸 말고는 아무것도 생각할 수 없었다. 다른 것을 좀 생각하고 싶어도 그렇게 되지 않아서 은수는 어째야 할지 답답했고 하루하루가 믿을 수 없이 길게 느껴졌다. 자신의 몸과 그로 인해 힘들어질 교연 말고는 아무것도 의미가 없었다. 교연과 이렇게 길게 대화를 이어가는 것도 암 진단을 받은 이래 처음이라 은수는 이 잠깐의 대화가 반갑고 즐거웠다. 이렇게 사소한 이야기를 나눠본 게 이제는 너무나 먼 과거가 된 느낌이었다.

아무튼 엄마, 다음 주가 되면……

얘가 또 시작이네. 뭔지 말해봐. 엄마 암으로 죽기 전에 궁금해서 죽겠다.

맙소사, 이걸 농담이랍시고 교연에게 던지다니. 은수는 순식간에 침울하게 변한 교연의 얼굴을 못 본 척 얼른 말을 이었다.

다음 주에 뭐? 남친이라도 데려올 거야?

짐짓 불통스럽게 교연을 다그치자 교연이 다시 배시시 웃었다.

그건 다음 주가 돼봐야 알지.

교연이 혀를 쏙 내밀었다. 은수는 이 대화가 영원히 이어졌으면 했다. 따스하고, 정다운 공기가 두 사람을 부드럽게 감싸 불안으로부터 잠시 떼어놓았으니까. 다음 주? 다음 주가 오기 전까지는 같은 대화를 몇 번이고 반복할 수 있겠지. 그래도 되겠지. 은수는 꼭 어릴 적 공깃돌을 분유 깡통에 가득 담아뒀을 때처럼 든든해졌다.

교연이 말한 첫사랑은 송골매의 키보디스트 이봉환이었지만 은수의 진짜 첫사랑은 교연 아빠였다. 보자마자 곱슬곱슬하고 부드러운 머리칼과 쌍꺼풀 진 눈에 빠져버렸었다. 장난기도 많았고, 결혼 전엔 다정하기도 했다. 그렇지 않았으면 결혼까지 하진 않았을 것이다. 곱슬머리인 줄 알았던 건 알고 보니 펌이었고, 쌍꺼풀 진 큰 눈은 점점 소눈깔처럼 보이기 시작했다. 괜히 그랬던 건 아니었다. 그렇게 겁 많은 남자인 줄 몰랐었다. 그걸 알고 나니 꼭 미련하게 영각을 뽑아내는 겁먹은 소 같았던 것이다. 덩치가 딱 황소 같은. 황소라면 뿔이 부끄러웠을 테지만 남편의 경우에는 멀쩡한 허우대가 아까웠다. 콩깍지가 벗어졌다고 할까. 사사건건 못나 보였고, 사실이 그랬다. 직장 생활도 제대로 못 했고 손대는 일마다 말아먹었다. 겁만 많은 게 아니라 게으르기까지 했으니 뭘 해도 기대 이하였다.

결국 반품해버렸다. 시골에 혼자 사는 어머니에게 반품하고 나니 후련했다. 둘은 이제 노노부양의 길을 가게 되지 않을까. 은수는 많지는 않지만 매달 얼마간의 돈을 보내주었고 불편하지 않을 만큼 마음도 써주었다. 자선사업도 그런 자선사업이 없었지만 그 모든 것이 다 교연을 위해서라고 생각하면 할 만했다. 생각만 그랬던 게 아니라 사실이 그랬다. 교연에게 짐을 떠넘기지 말아야 한다는 절박감 같은 거였다.

그런데 뜬금없이 첫사랑을 만나보고 싶지 않으냐는 말은

왜 하는 걸까? 영화 〈박하사탕〉을 보면 순임이 죽기 전에 첫사
랑을 보고 싶어 하던데, 혹시? 혹시 내가 알고 있는 것과 교연
이 알고 있는 것이 다르다는 뜻일까? 잠깐 환해졌던 은수의 마
음이 다시 단단하고 어두운 곳에 처박혔다.

D-60 엄마도 여자야

열망이 아니라 열기가 문제였다. 더워도 너무 더운 날씨 때문에 미호는 여름이 어서 지나가기만 바랐다. 외출을 최소한으로 줄이고 거의 집 안에, 그것도 침실에만 주로 머무는데도 이번 더위는 유난히 힘들었다. 갱년기 열감이 시작된 게 벌써 오래전이었다. 최근에는 좀 덜하다 싶더니 올해는 최악 수준이었다. 역시 한 해가 다르게 체력이 떨어져서일까.

60평짜리 주상복합에 살면서도 에어컨을 마음껏 틀지는 못했다. 넓은 집이라 더 주저하게 되었다. 전기 요금은 누진제인데다 에어컨이 아니어도 전기 사용량이 많은 살림이라 여름에는 조심하는 편이다. 지출 규모를 따져보면 전기 요금 몇십만 원 정도가 큰 부담은 아니었다. 그러나 미호의 마음은 그리 단순하지 않았다. 기후 위기니 지구온난화니 하는 거창한 문제는 밀쳐두고 혼자 사는 소형 아파트에서 전기세 무섭다고 무더위를 고스란히 감내하는 친정 엄마를 생각하면 너무 편하게 지내는 것이 죄스러울 때가 있었다. 비싼 식당에 갈 때도, 가사 도우미를 부를 때도, 명품 가방을 살 때도 그런 마음이었다. 하지만 마음은 마음일 뿐, 몸은 마음과 다른 법이어서 이 더위는 감당이 안 됐다. 혼자일 때는 침실에만 에어컨을 켜두고 갇혀 있다시피 지내는 중이었다. 편리함에 길든 몸을 감안하면 그 정도가 타협 지점이었다.

미호는 더위 때문에 입맛을 잃었다. 그런 와중에도 부지런히 식사를 차렸다. 절대 아침을 거르지 않는 남편 때문이었다. 매일 아침 새 밥을 짓고 뜨거운 국을 끓여 상을 보았다. 그러느라 더 지쳐 정작 미호는 미숫가루로 끼니를 대신하는 형편이었고, 남편은 탐욕스럽게 일했고 사업체를 잘 꾸려나갔다. 모든 에너지를 일에 쏟느라 대부분의 시간을 바깥에서 보냈다. 어쩔 수 없이 미호는 거의 혼자 아이들을 키워냈다. 요즘 말로 독박육아. 힘겨웠지만 원망은 접어두고 아이들에게 최선을 다했다. 주말이면 도서관에 데려가 몇 시간씩 책을 읽게 했고 겨울이면 스키 캠프에 데리고 다녔다. 아이들뿐 아니라 남편에게도 남편의 피붙이들에게도 최선을 다했다. 그렇게 해야 한다고 배웠고, 할 수 있는 형편이어서 다행스러웠다. 엄마는 중산층의 전업주부인 미호가 행복하다고 믿었다. 평생 가게에서 고생했던 엄마의 상식이었다. 미호도 그랬으면 좋았을 텐데 이상하게 그렇지 않았다. 누구에게도 내색할 수 없었다. 배가 불렀다고 했을 테니까.

모두에게 살뜰했던 미호가 유일하게 소홀히 대한 사람은 미호 자신이었다. 외로웠다. 바빠서였을까, 젊어서였을까, 전에는 그걸 몰랐다. 아이들이 다 빠져나간 지금에 와서야 미처 돌아보지 못했던 외로움까지 한꺼번에 몰아닥쳐 미호는 최근 무기력에 시달리고 있었다. 재미난 일도 좋은 일도 도무지 없었다.

한때 재미를 붙였던 살림에도 정나미가 떨어졌고 드라마도 시들했다. 책을 열심히 보는 편도 아니었고 여행에도 별 취미가 없었다. 20여 년 악착스러울 정도로 친하게 교류했던 학모들과도 거리를 두게 되었다. 아이들 때문에 시작된 관계는 결국 한계가 드러나게 마련이었다. 아이들이 다 자라고 나자 더 이상 그들과의 접점을 찾기 어려워졌다. 소문난 맛집을 욕심껏 찾아다니고 몇 시간씩 남편과 아이들 이야기를 하며 간혹 남들 뒷이야기에 열을 올리는 패턴이 미호는 시시했다. 그들 자신의 이야기는 없었다. 피부 관리나 성형, 골프, 집값, 주식 같은 것을 자신의 이야기라고 할 수 있을까. 누군가에게는 그럴 테지만 미호에게는 아니었다.

그들이 빠져나가게 되면서 생긴 빈자리를 차츰 남편의 일로 생겨나는 스케줄과 관계들이 채웠다. 모르는 남자들의 모르는 아내들과 어울려 전시회에 가고, 음악회에 가고, 부부 동반으로 공을 치러 다니고. 남편의 액세서리들이 모여서 공허한 시간을 나누고 나면 더 공허해지는 자리들. 그런 자리에 다녀올 때마다 자신이 이제 껍질만으로 존재하는 인간 같았고 그 껍질마저 점점 얇고 투명해지는 느낌이었다. 미호는 막연하고도 모호한 의문과 절망에 사로잡혔다. 다른 세계는 없을까. 남편이나 자식들로 자신의 존재를 증명하는 세계 말고 오롯이 자신만으로도 충분한 그런 세계.

베개 두 개를 겹쳐 베고 비스듬히 누웠다가 까무룩 잠이 들다 깨어났다. 깨어 있어도 딱히 하고 싶은 일이 없었다. 누워 있으면 몸이 젖었다 마르는 솜처럼 무거웠다가 곧바로 붕 뜨는 느낌이 들곤 했다. 아직 한 달은 더 버텨야 열대야가 끝날 테지. 떨쳐낼 수 없는 무기력이 지긋지긋한 더위 때문이라고 핑계를 댔지만 더위 때문만은 아니라는 사실을 누구보다도 미호 자신이 잘 알고 있었다. 그나마 더위라는 핑계라도 있어서 얼마나 다행인가.

이 무더위에 에어컨도 틀지 않는 엄마는 어쩌고 있을까. 거기는 연일 40도에 육박하는 폭염이라는데. 미호는 핸드폰의 CCTV 앱을 열었다. 카메라는 엄마가 지난봄 욕실에서 미끄러져 갈비뼈에 금이 간 후 바로 설치했다. 심하게 다치지는 않았지만 혼자 지내다 아무도 없을 때 당한 부상이어서 아쉬운 대로 급하게 설치한 것이었는데 거실의 티브이 위쪽에 달린 카메라로는 거실과 부엌 일부만 화면에 잡혔다. 그걸로도 적잖이 안심이 되었다. 엄마는 잠잘 때 빼고는 집에 있는 대부분의 시간을 거실 소파에서 보냈고 미호가 들여다볼 때마다 티브이를 보거나, 나물을 다듬거나, 빨래를 개고 있었다.

화면에 엄마가 보이지 않았다. 소파 앞에 다듬던 나물을 그대로 늘어놓은 채 엄마는 사라지고 없었다. 화장실에라도 간 걸까. 지난번 화장실에서 미끄러진 후 CCTV를 아예 화장실에도 달자는 말까지 나왔지만 미호는 그게 대체 무슨 소리냐고 언니 오빠에게 화를 냈다. 늙긴 했어도, 그래서 욕실에서 다치긴 했어도 엄마도 사람이라고, 게다가 여자라고! 그렇게 말하는 미호의 목소리가 파들거렸다. 그때 북받치던 감정이 서러움인지 분노인지 알 수 없었지만 분명한 것은 저 가슴 깊숙한 곳에서 용암처럼 분출하는 덩어리를 막을 도리가 없었다는 것이다. 어떻게 그런 말을 할 수가 있어! 그런 생각을 할 수가 있어! 미호는 비명을 지르듯 고함을 내지르고 두 다리를 뻗은 채 엉엉 울고 말았다. 엄마가 그 자리에 있었더라면 그렇게 맥을 놓고 울지는 못했을 것이다.

엄마가 다듬던 나물은 고구마 줄기였다. 갑자기 입 안에 침이 고였다. 멸치를 깔고 간장 양념을 해서 자작하게 조린 고구마 줄기를 얼마나 잘 먹었던가. 더위 때문인지 무기력 때문인지, 아무래도 그 두 가지가 단단하게 결합된 때문이었겠지만, 미숫가루로 끼니를 때우던 미호의 혀 밑에 이물스러운 침이 가득 고이자 엄마의 고구마 줄기 조림만 있으면 밥 한 공기씩

하루 세끼를 해치울 수 있을 것 같았다.

엄마!

전화기에 입을 바짝 갖다 대고 엄마를 불렀다. 크게 부르려다 소리를 낮췄다. 혹시 엄마가 화장실에서 다급하게 나오다 부딪히거나 넘어진다면 큰일이다. 지난번 사고는 욕조에서 나오다 발이 욕조 테두리에 걸려 넘어진 거였다. 아직은 본능적인 순발력이 남아 얼른 세면대를 잡았다는데 팔이 아니라 엉뚱하게 갈빗대가 두 개 금이 갔다. 담당 의사는 골다공증 때문에 작은 충격에도 금이 갈 수 있다고, 안심과 주의를 동시에 시켰다. 골반이나 엉치뼈를 다치지 않은 것을 천운으로 여기라고. 그건 어렵다고 했다. 어렵다는 말이 무엇을 뜻하는지 이해하기는 어렵지 않았다.

엄마……

시간이 멈춘 것 같았다. 전화를 해볼까. 그러면 또 전화를 받겠다고 서둘러 나오다 잘못될지도 몰랐다. 미호는 마음을 졸이며 화면만 뚫어져라 들여다봤다. 엄마가 나타난 방향은 왼쪽이었다. 그쪽은 베란다였다. 빨래를 몇 가지 들고 들어온 엄마는 고구마 줄기를 내버려두고 빨래를 개키기 시작했다. 왜 저러는 걸까. 왜 다듬던 고구마 줄기를 팽개쳐두고 갑자기 빨래를 걷어서 개키는 걸까. 미호는 가슴 저 구석에서 불안이 안개처럼 스멀거리며 올라오는 것을 느꼈다. 떨리는 손으로 전화를 걸었다.

엄마!

누고? 미호?

응, 뭐 하셔? 별일 없고?

별일? 왜 무슨 일 있나? 주 서방은?

그 사람이야 출근했지. 그냥. 더우니까 에어컨 트시라고.

갑자기 소나기 오민서 바람도 분다. 시원하데이.

아, 다행이다.

그래. 바람이 좀 부이 다행이제.

그게 아니었다. 미호가 걱정했던 일이 아니라서 다행이었다. 그러니까 엄마가 하던 일을 두고 갑자기 빨래를 개키는 게 무언가 나쁜 조짐이 아닐까 겁이 더럭 났다가 비로소 안심이 된 것이었다.

비 와서 습할 텐데 에어컨 좀 틀어요.

바람 부는데 뭐.

비 들이치잖아.

베란다는 비 좀 들이치도 개안타.

근데 엄마, 나 고구마 줄기 조림 먹고 싶네.

아이고, 야가 신기가 있나. 내가 지금 그거 할라 카는데. 좀 주까? 가깝기나 해야 좀 갖다주제.

그러곤 엄마가 아차, 하는 표정으로 CCTV 쪽을 휙 올려다보았다.

어이구, 또 저걸로 봤나? 저거 확 내삐린다? 걱정 말라

카이.

응? 안 봤어. 안 봐. 그냥 그게 먹고 싶더라니까. 어쩐지.

미호는 흐흐흥 하고 싱거운 웃음소리를 냈다.

한번 와서 묵든가. 아이다. 바쁜데. 해가 묵어라. 할 줄 알제?

알지. 그 맛이 안 나서 그러지.

나이가 및인데.

엄마는 이런 이야기를 좋아했다. 탁구 치듯 톡톡 오고 가는 소소한 말들. 반찬 이야기, 빨래 이야기 같은, 해도 그만 안 해도 그만인 이야기들. 이런 이야기들은 다른 할 말을 모두 덮을 수 있어 좋았다. 오빠네 장사가 영 형편없다든가, 인공관절을 했어도 무릎이 아프다든가 잇몸이 자꾸 내려앉는 바람에 틀니가 들떠 밥을 먹을 때마다 음식물이 끼이고 아프다든가 하는 말들.

참, 엄마, 홍희 기억나?

홍희? 알지. 그 고구마 줄기로 김밥 말아돌라 카던 아아. 잘 사나?

몰라, 그냥.

돈 빌리돌라 카만 그냥 돈 100만 원 주고 말아래이. 아이다. 만내지를 마라.

참, 내. 엄마는.

미호는 서둘러 전화를 끊었다. 엄마는 어떻게 아픈 데를 정확하게 짚어내는 걸까. 친구라면 이야기를 들어줬어야지. 그걸 안 하고 봉투를 들이밀어 이 지경이 된 건데. 그때 미호의 마음은 지옥 같았다. 갱년기가 시작되고 우울감과 무력감에 시달리면서 아무것도 아닌 일에 짜증부터 나던 시기였다. 그걸 티 내지 않으려고 그야말로 영혼까지 끌어모았다. 그렇게까지 애쓸 필요 없었는데 그랬다. 짜증도 내고 화도 내고 그래야 했는데. 결국 엉뚱하게 홍희에게서 폭탄이 터졌다. 결국 돈 빌려달란 소리잖아. 가져가. 안 갚아도 돼. 친구에게까지 내어줄 마음이 남지 않았을 때여서 봉투를 빗장 삼아 문을 걸어버린 셈이었다. 기가 막힌 홍희는 현관문을 발로 차고 돌아섰다. 그때 홍희가 한 말이 못이 되어 박혔다. 우리 이제 친구 아니다. 그 일이 있고 10년이 훌쩍 지났다. 못을 빼야 할 텐데. 빠지기는 할까……

D-58 17 대 1의 전설

꼭 이때쯤 왔다. 점심 손님 치르고 좀 쉬어볼까 하는 참에 들어서는 사람은 미워하지 않을 도리가 없다. 감염병 때문에 혼잡한 시간을 피하는 것까지는 이해한다고 쳐도 굳이 세 시가 다 되어 오는 심보는 뭔가. 브레이크 타임 없는 식당이다 이거지. 전에는 여기도 세 시가 되면 두 시간 정도 식당 문을 걸고 실내의 불을 다 껐다. 볼일이 있는 사람은 외출을 하기도 했고, 홍희는 주로 단체석이 있는 방으로 올라가 새우잠을 잤다. 너무 힘들 때는 전기온돌의 스위치를 켜고 등을 지지기도 했는데 고맙게도 주인은 그런 데 눈치를 주는 사람이 아니었다. 여름철에 에어컨을 켜고 온돌에 몸을 지지는 건 호사 중에서도 최고급 호사였다. 그렇게 한 시간만 누웠다 일어나면 몸이 거뜬해졌다. 점심 손님을 받는 동안 홍희는 딱 그거 하나만 기다렸다. 테이블이 다 비고 설거지만 끝나면 신발 벗고 올라가 누울 생각으로 참았다. 결승선을 향해 전력 질주하는 단거리 주자의 심정이 바로 홍희의 심정이었다. 그런데 기다렸다는 듯 그 시간에 들어서는 손님이라니.

규칙은 깨라고 있는 거라지만 세 시 손님 받아보고나 그런 말을 하든가. 아홉 시까지 영업 제한을 당하던 시절을 생각하면 세 시든 네 시든 고객은 언제나 옳다. 직원 입장에서도 손님은 반가웠다. 장사 안돼서 망하면 사장만 망하는 게 아니니까. 갑자기 일자리를 잃게 되면 요즘 같은 시기에 대책이 없지.

홍희와 도현은 둘 중 하나가 잘리느니 근무시간을 줄여 엇갈리는 걸로 타협했다. 언젠가 사장이 말하기를, 크게 버틴 건 자신이고 소소하게 버틴 건 직원이라고 했는데, 둘 중 누구도 반박하지 못했다. 엄청난 월세를 감당하면서 월급 한번 밀리지 않은 사장이었다. 길거리에 널린 게 임대 문의 딱지가 붙은 빈 상가였는데 말이다. 버티다보니 상황이 그나마 나아졌고, 사장이 안도하는 만큼 직원들도 마음이 놓였다. 홍희도 물론이었고. 그게 직원의 윤리라고 홍희는 믿고 있다. 사장이 윤리를 지키면 직원도 지킨다. 어렵지 않은 일이다. 직원의 윤리에는 손님에 대한 태도도 포함되고 홀을 볼 때는 그게 가장 중요하다. 미운 손님에게도 고마워하는 일. 홍희는 그 점에선 진심이다. 하지만 그 진심도 가끔, 아주 가끔 살짝 내려놓고 싶을 때가 있다.

그거요, 빨리.

들어서면서 주문부터 했다. 성격 급하기로는 단골 중 아마 첫째일걸. 메인 메뉴가 하나인 식당에서는 음식이 빨리 나온다. 그걸 알면서도 빨리 달라고 하는 사람들이 꼭 있지. 모조리 남자. 혼자 오든 여럿이 오든 주문은 자신이 한다. 동행에게 물어보지 않거나, 물어보는 시늉만 하는 것도 그들의 공통점이다.

장 실장은 서른 중반이나 되었을까, 자그마한 키에 기름병에서 건져낸 차돌멩이 같은 남자다. 닿으면 미끌, 기름이 묻어날 것만 같은 느낌. 젊은 사람이 중늙은이의 얼굴을 하고 있다. 그를 볼 때마다 홍희는 마루를 생각했다. 저렇게 되지는 않아야 할 텐데, 하고. 그런 생각을 들킬 것만 같아서 되도록 눈길을 피하고 말도 섞지 않았다. 특별한 사건이 있었던 것도 아닌데 왠지 모르게 정이 가지 않았다. 몸에 딱 달라붙는 양복 때문도 아닌 것 같았고, 코가 길고 뾰족한 구두 때문도 아닌 것 같았다. 뭘 발랐는지 번들번들한 올백 머리 때문일까. 아니면 손목에서 철렁거리는 커다란 시계 때문일까. 침을 찍 뱉듯 던지는 말투 때문일까.

요새 힘들지?

사장이 물었다.

안 힘든 데가 있나, 뭐. 직원 월급 주는 형님이 힘들지.

장 실장의 대답에 홍희는 이상하게 죄인이 된 기분이었다.

푹 줄어든 월급에도 군소리 한번 하지 않은 자신이 왜 이런 기분을 느껴야 하나. 저런 말을 직원 듣는 데서 꼭 해야 하는 건가. 정이 안 가는 데에는 다 이유가 있었던 거다.

푸기만 하면 되는 우거지 해장국은 금방 나왔다. 홍희가 밥과 기본 반찬을 챙기는 것보다도 빨랐다. 홍희는 밀차 위의 그릇들을 탁자 위로 소리 나지 않게 옮겼다. 아니꼬운 마음이 들기도 했지만 표 내지 않았다. 사장이 주는 월급은 손님 주머니에서 나오는 거니까. 그 생각을 하면 웬만한 건 다 참아졌다. 억지로 참지 않아도 그랬다.

그런데 장 실장은 좀 달랐다. 손님이라서 공손히 대하는 게 아니라 무서워서다. 좀 웃기지만 진짜다. 화장실 옆으로 돌아 들어간 좁은 골목 안의 2층에 있는 그의 사무실 간판이 '세븐틴 기획'이라고 되어 있기 때문이다. 뭘 기획하는 곳인지 궁금해하기도 전에, '세븐틴'의 의미가 열일곱 명과 맞장떠서 이겼다는 뜻이라고 들었기 때문이다. 봤다는 사람은 없고 입에서 입으로 전해지는 전설 같은 이야기를 시장에서 모르는 사람이 없었다. 홍희도 이 식당에 출근하고 나서 장 실장을 처음 본 날 들었다.

꼭 열일곱 명이어서가 아니야. 한두 명이어도 맞장떠서 이기는 거, 그거, 영화에서나 보는 거지, 실제로 붙으면 아주 무시무시하다고요.

주방장이 속삭이듯 귀띔했다. 그러니까 서빙할 때 신경 쓰라는 뜻이었을까. 아니면 그저 한번 놀려보자고 작정한 거였을까. 홍희는 팔뚝 저 위쪽의 문신이 반소매 아래로 삐죽 보이는 주방장이 더 무서웠지만, 그런 주방장이 목소리를 잔뜩 깔고 얘기하는 걸 듣자 자그마한 체구의 장 실장이 점점 더 무섭고 징그럽고 어려워졌다.

원래 싸움꾼은 덩치가 작아요. 날렵하거든. 맞지를 않지. 덩어리들은 맷집으로 먹어주는 거지, 사실 싸움은 잘 못해.

주방장이 코를 벌름거리며 말했을 때 홍희는 불룩한 그의 배를 아무 생각 없이 쳐다보다가 쿡, 웃었다. 주방장은 따라 웃지도 못하고 화를 내지도 못한 채 야릇한 표정이 되어 홱 돌아섰다. 그때까지만 해도 주방장이 딱히 홍희에게 감정이 있는 것 같지 않았는데, 그 후로는 건건이 고깝게 굴었다.

장 실장은 핸드폰에서 눈을 떼지 않고 수저를 들었다. 국을 떠먹으면서도 눈길은 화면에 꽂혀 있었다. 홍희의 눈길이 완전 자동 반사적으로 화면을 향했다. 장 실장은 눈치 하나는 정말이지 빠르다. 화면에 꽂았던 시선을 들어올려 홍희의 눈에 맞추었다. 내 걸 왜 당신이 봐? 하는 깐으로. 홍희는 갑자기 무안해져서 서둘러 자리를 떴다. 화면엔 별것도 없었다. 뉴스 창을 띄워놓고 휙휙 넘기던 중이었으면서.

손님이 든 이상 방에 올라가 누울 수는 없었다. 홍희는 홀이 한눈에 보이는 구석자리에 앉아 잠시 등을 기댔다. 딱 10분. 10분이면 장 실장이 먹고 난 테이블을 치워야 한다. 정확하기가 아주 시계였다. 누구더라. 무슨 철학자였는데, 그 산책 시간만큼이나 오차가 없었다.

일 좀 들어오나?

사장이 물었다.

왜? 영업해주시게?

사장이 약간 놀란 음성으로 다시 물었다.

그것도 영업이 필요해?

영업해서 될 일 같으면 걱정이 없겠네.

장 실장의 눈은 화면에, 왼손은 전화기에 고정되어 있고, 오른손은 숟가락과 젓가락을 교대로 놀리는 동시에, 입은 씹고 삼키고 말하느라 분주했다. 게다가 양쪽 다리를 번갈아 떨기까지. 저러면서 10분이면 끝. 뭐, 홍희에게 나쁠 건 없었다.

세븐틴 기획은 이름만 보면 연예 기획사 같았다. 아이돌이나 걸 그룹을 여럿 거느린 잘나가는 회사 이름으로 괜찮겠다는 생각이 들었다. 나도 한때는 요즘 말로 '사생팬'이었는데. 와아, 그게 벌써 40년이 다 됐네. 홍희는 턱을 괸 자세로 그런저런 생각에 빠져드나 싶다가 생각보다 먼저 잠에 빠지고 말았다. 며칠 후 세븐틴 기획 앞에서 서성거리게 될 줄은 꿈에도 모르고.

D-55 사랑이 어떻게 변하니

여보, 우리 크루즈 취소하자.

상욱은 자신이 잘못 들은 게 아닌가 했다.

뭐라고?

크루즈 취소해야겠다고.

상욱은 등받이에 기댔던 등을 떼고 기민 쪽으로 돌아앉았다. 그렇게 중대한 말을 꺼낸 당사자가 핸드폰 화면만 보고 있는 게 좀 이상했다.

그게 대체 무슨 말이야? 크루즈를 왜 취소해? 얼마나 벼르다 예약한 건데.

그래도 취소해. 날짜가 안 되겠어.

무슨 날짜가 안 된다는 거야.

아님 날짜를 옮기든가.

이거 얼리 버드 찬스인 거 몰라?

상욱이 어이없다는 듯 짜증 섞인 소리로 물었다.

아는데요, 선생니임.

기민이 그제야 상욱을 향해 몸을 틀었다.

다 알아요. 얼리 버드 찬스로 싸게 예약한 것도 알고요. 그리고……

그리고 미뤘던 결혼 30주년 기념 여행이라는 것도 알고?

상욱이 따지자 기민이 덧붙였다.

요?

기민이 존댓말을 꺼낸 이상 상욱은 긴장할 수밖에 없었다.

알죠. 안다니까요. 그래도 크루즈를 미루는 수밖에 없어요.

기민이 핸드폰 화면을 상욱에게 들이밀었다. 상욱은 순간적으로 고개를 뒤로 뺐다. 갑자기 눈앞에 뭔가 들어오면 확 어지러웠다. 돋보기도 안 끼고 있는데. 기민은 아직 노안이 심각하지 않지만 상욱은 사정이 달랐다. 자신이 기민보다 무려 열 살이나 많다는 사실을 상욱은 꿈에서도 잊지 않는 반면 기민은 도무지 그걸 기억 못 하는지 안 하는지. 상욱은 눈을 가늘게 뜨고 화면을 봤지만 흐릿하기만 할 뿐 초점이 맺히지 않았다.

뭔데요? 얘기하다 말고 뭘 보라는 거야?

상욱이 소파 옆 탁자 위를 더듬거려 돋보기를 집었다. 그제야 화면이 또렷하게 보였다.

이게 뭐예요? 열망? 38년 만에…… 배철수…… 구창

모……

상욱이 돋보기를 홱 벗고 기민을 봤다.

보시다시피요. 크루즈는 연기! 알았죠?

상욱은 어이가 없다는 표정을 지었다. 대체 이게 뭔가. 이게 크루즈를 연기하는 이유라고? 기민의 당연하다는 듯한 태도에 상욱은 황당했다.

여보, 위약금이 얼만데. 꼭 그렇게 해야겠어?

선생님, 우리 크루즈 몇 년 기다렸지요?

3……년……요?

3년 기다렸죠? 여행 일정은 다시 잡아도 되고요?

아니, 다시 잡기에는…… 위약금도 세고…… 이제 이 가격에는 예약할 수가 없……

상욱이 떠듬떠듬 말을 이어나가자 기민이 싹둑 자르며 말했다.

나는 이걸 거의 40년 기다렸어요. 우리 결혼한 건 얼마나 됐지요?

32……년……요.

그니까 이걸 기다린 게 훠어어얼씬 더 오래됐거든요? 이 콘서트는 이때 아니면 못 봐요. 내가 이걸 봐야겠어요, 못 봐야겠어요?

봐, 봐야겠지만…… 그렇지만……

기민이 손뼉을 쳐가며 말했다.

안 할 줄 알았다고요. 이렇게 진짜 재결합 콘서트를 할 줄은 정말 꿈에도 몰랐다고요!

기민의 표정은 벌써 콘서트장에 들어서기라도 한 듯 기대와 흥분으로 반짝반짝 빛났다.

예약부터 해요. 티켓은 아직 있다나봐요. 없으면 암표라도 사요. 응?

젠장.

물론 그 말은 속으로만 삼켰다. 상욱은 다시 돋보기를 꼈다.

몇 장?

당연히 두 장이죠. 혼자 가도 되지만 크루즈 대신이니까요. 결혼 30주년 기념 콘서트 좋죠? 좀 늦긴 했어도 이만한 세리머니가 또 없겠죠?

기민이 어찌나 해맑게 말하는지 상욱은 도저히 딴소리를 할 수가 없었다. 그런 식으로 32년을 산 결과, 상욱은 기민을 도저히 못 이기게 되었다. 처음엔 너무 귀여워서, 사랑스러워서, 그러다 나중엔 습관처럼, 가끔은 귀찮아서, 또는 무서워서, 최근에는 고마워서 그렇게 되었다. 그럼에도 불구하고 상욱은 출석부로 기민의 머리를 때린 것에 대한 속죄를 너무 오래 하고 있는 듯한 느낌이 들 때가 있었다. 그때 왜 그랬을까. 체벌이 난무하던 그 시절, 상욱은 절대 학생들에게 손을 대고 싶지 않았다. 존재만으로도 눈부신 아이들을 때리는 선생들에게라면 모를까.

이기민!

기민을 제외한 다른 학생들이 모두 움찔했다. 아이들의 시선이 일제히 기민을 향했고, 다시 상욱에게로 옮겨갔다. 기민만은 얼굴에 함박웃음을 띠고 고개를 숙인 채 뭔가에 열중하고 있었다.

이기민, 뭐 해!

기민은 다른 별에라도 가 있는 사람처럼 아무 소리도 듣지 못하는 상태였다. 세상에, 저런 집중력으로 제발 수학을 한 단원이라도 더 공부해보라고! 이차방정식이라도! 상욱은 풋풋한 신임 교사답게 안타까움에 애를 태웠다. 비단 기민에게만 그랬던 것은 아니었으나 수학 시간에 유독 자주 걸리는 학생은 기민이었다. 학생들은 그렇잖아도 지겨운 수학 시간에 이런 식의 돌발 사태가 벌어지는 것을 환영했다. 나쁜 녀석들. 친구가 혼나게 생겼는데 싱글싱글 웃으면서 잔뜩 고대하는 눈빛들 하곤.

상욱은 수업에 치명적인 방해가 되지 않는 한 웬만하면 눈감아주는 편이었는데 그날만큼은 왜 그랬는지 훗날 몇 번을 돌이켜봐도 납득이 되지 않았다. 순열은 노가다로 풀면 되지만 이차방정식은 그게 안 된다고 순진무구하게 말하던 기민을 길 잃은 한 마리 양으로 간주했던 것일까. 상욱이 기민의 자리로 다가가 옆에 섰을 때조차 기민은 고개를 들지 않았다. 기민이 허벅지 위에 펼쳐놓고 빠져 있던 것은 〈TV 가이드〉였다. 거기에는 당시 최고의 그룹사운드였던 송골매의 인터뷰 기사와 커다란 사진이 실려 있었고.

순간, 제어할 수 없는 감정이 상욱을 사로잡았다. 한심함, 허탈함에 이어 무시당했다는 느낌이 들었다. 상욱은 기민을 앞으로 불러냈다.

기민이 어깨를 잔뜩 움츠리고 교단으로 나왔다.

송골매 그 날라리들이 이차방정식이라도 풀어준대냐?

어떻게 그런 유치한 말을 했는지. 선생이라고는 했지만 알고 보면 그 시절 여자친구한테 연거푸 두 번을 차인, 상처 입은 20대 청년일 뿐이어서였을까.

샘!

배시시 웃을 줄 알았던 기민이 억울하다는 듯 상욱을 올려다봤다.

어쭈!

자신의 입에서 그런 막말이 나오다니 상욱은 믿을 수 없었다. 더 믿을 수 없는 것은 말을 뱉음과 동시에 그 상황이 마치 현실이 아닌 듯한 기묘한 감각에 의아해하면서, 벌써 후회하고 있는 자신을 인지했음에도, 뇌의 지시와 달리 손은 저절로 출석부를 움켜잡고 모서리로 기민의 정수리를 꽉 내리치고 말았다는 사실이다. 기민은 울먹거리는 낌새도 없이 바로 통곡으로 넘어갔다. 눈물을 줄줄 흘리면서 엉엉 울었다.

60명이 넘는 학생들이 단 한 명도 빠짐없이 기민과 상욱을 주목했다. 상욱은 자신이 한 행동도 당황스러웠지만 목놓아 우는 기민을 어떻게 해야 할지 몰라 쩔쩔맸다. 학생들은 이제 교내 유일 총각 선생님이 이 황당한 사태를 어떻게 수습할지 호기심 어린 눈을 빛내며 숨을 죽이고 지켜보았다.

샘.

기민이 흐느끼면서 상욱을 불렀다.

저더러 뭐라 하시는 건 괜찮은데요.

기민은 울음을 다스리느라 흑흑 숨을 들이마시며 잠깐 사이를 두었다.

괜찮은데?

상욱은 이제 기민만 봤다. 학생들의 표정을 살필 겨를도 없었던 데다 어쩐지 학생들과 눈이 마주치면 안 될 것 같았다. 교실 안은 얼음이 되어 있었다. 이제 기민은 죽었다. 아니다. 저 물러터진 총각 선생님 쩔쩔매는 꼴 좀 보라지. 학생들은 말만 안 했다뿐이지 그런 생각으로 구경꾼 노릇을 톡톡히 하고 있었다.

근데, 흑흑, 송골매를 모욕하지는 마세요. 흑흑.

교실을 강타한 땡! 여기저기서 동시에 킥킥거리는 소리가 나기 시작했다. 그 소리는 와글와글, 뒤죽박죽, 부글부글 끓어올랐고, 기민의 흐느끼는 소리는 그 소리에 묻혔다. 상욱도 덩달아 너털웃음을 터뜨렸다. 때마침 스피커에서 수업 종료를 알리는 음악이 흘러나왔으나 책상까지 두드려가며 웃는 학생들에게 그 소리가 들릴 턱이 없었다. 상욱은 출석부와 교과서를 챙겨 들고 복도로 나왔다. 다른 반 학생들이 기민의 반을 향해 돌진하기 시작했다. 뭔데? 왜? 무슨 일이야? 홍희와 미호도 달렸다. 옆을 지나칠 때 그 짧은 순간에도 상욱의 표정을 살피며. 상욱의 표정이 이미 풀어졌을 뿐만 아니라 피식피식 터져 나오는 웃음을 참느라 그가 손바닥으로 입과 턱을 필사적으로 가리는 걸 확인하곤 도루를 감행하는 타자처럼 교실 문을 향해 미끄러졌다. 상욱은 그게 또 웃겨서 교무실에 들어설 때는 배를 움켜잡았다.

어떻게 40년이 지났는데 안 변하냐?
상욱이 기가 차다는 듯 말했다.
사랑이 어떻게 변하니!
기민이 기도하듯 손을 모아 쥐고 순정 만화 주인공처럼 눈을 깜빡깜빡하더니 혀를 날름 내밀었다. 에휴, 이기민, 진짜! 졌다! 상욱은 고개를 절레절레 저었다.

D-52 보고 싶어 하면 안 돼?

홍희는 밤마다 은수를 생각했다. 그리고 미호와 기민을. 홍희 자신을. 아침부터 밤까지 네 사람을 생각했고 밤이면 더욱 집중적으로 생각했다. 한번 오라는 장 실장의 말에 홍희는 결국 세븐틴 기획에 발을 들였다. 그 전에 사무실 앞까지 갔다가 돌아서는 걸 장 실장이 봤던 걸까. 주방장에게 들은 말도 있고 해서 2층 사무실 계단 앞에서 얼쩡거리다 온 지 며칠 만에 장 실장이 수저를 들면서 툭 던지듯 이렇게 말했었다.

밥 정이란 게 말이야……

말을 떼놓고 장 실장은 국물을 한 숟갈 떠 넣었다.

꼭 같이 먹어야 되는 건 아니더라고요. 차려주는 것도 정이더라고.

홍희는 무슨 말인지 한 번에 알아먹지 못해서 장 실장의 젓가락을 눈으로 좇았다. 젓가락 끝이 김치 조각을 갈랐다.

거저는 안 되고. 나도 영업 방침이라는 게 있어놔서어.

그러니까 깎아준다는 건가. 얼마나? 그런데 장 실장은 뭘 알고서 그렇게 말하는 건가. 은수만 찾으면 되는데. 출신 대학도 알고 나이도 이름도 얼굴도 정확하게 알고 있으니 찾는 데 그리 어렵지는 않을 것이었다. 사실 미호를 통하면 금방 찾을 수 있을지도 몰랐고. 아무래도 기민은 은수 연락처를 모를 것 같았다.

그런데 셋 중 기민에게 연락이 닿는 사람이 있을까. 기민이 멀어진 건 깜찍한 거짓말들 때문이었다. 어쩌면 그렇게 딱 잡아뗄 수가 있었을까. 그때 나머지 셋은 서운한 정도를 넘어 너무 큰 충격을 받았었다. 그때는 어려서 상대방의 입장을 헤아릴 줄 몰랐다. 오죽하면 서둘러 서울로 떠버렸을까. 홍희만 해도 속았다는 느낌에 분노한 나머지 기민이 혼자 얼마나 외로웠을지는 눈곱만큼도 고민해보지 않았다. 신의를 저버린 건 기민이었지만 이제 와 생각해보면 기민 입장에서는 충분히 그럴 수도 있었을 거라는 생각이 든다.

언제나 그렇듯 후회를 할 때는 늦는 법이었다. 그걸 잘 알면서도 미호에게 선뜻 연락하게 되지 않았다. 10년이면 길다고도 짧다고도 할 수 있는 기간이었다. 살아온 세월에 비하면 짧았으나 아무렇지 않은 듯 전화를 하기에는 충분히 긴 기간이었다. 오히려 소식이 완전히 끊어진 은수 쪽이 홍희에게는 가장 쉬웠다. 마음이 그랬다. 은수와 멀어진 데에는 아무런 의지도, 오해도 개입되지 않아서였다.

손님 없는 틈을 타서 홍희가 사무실에 찾아갔을 때 장 실장은 원두커피를 드립으로 만들어주었다. 뜻밖이었다. 장 실장의 평소 말본새나 입성 같은 걸로 봤을 때 정갈한 그 사무실과 커피 향은 배철수와 구창모의 목소리만큼이나 거리가 있어 보였다.

얼마나 필요해요?

장 실장은 대뜸 그렇게 물었다. 그건 홍희가 할 말이었다.

무슨 말이냐는 표정을 짓자 장 실장이 덧붙였다.

돈 필요한 거 아니에요?

홍희는 들어서자마자 둘러본 사무실을 새삼스럽게 또 둘러보았다.

여기 사채 하는 데예요?

사채는 듣기 좀 그렇고. 시장 사람들 급전 정도 돌려주는 거지이.

장 실장이 잠시 사이를 두었다 다시 물었다.

그럼 뭐, 무슨 일로 오셨나아? 다른 일도 하긴 해요.

다른 일? 어떤 다른 일을 더 하는지는 홍희가 알 바 아니었고 사람 찾는 일도 하냐고 물었을 때 장 실장은 씨익 웃으면서 다른 일은 주로 그런 일이라고 했다.

얼마나 떼였어요? 받아야지이. 식당 일 해서 번 돈일 텐데.

실비만 받을게.

　대화는 계속 엇나갔다. 홍희가 친구를 찾아달라고 온 걸 알
게 된 장 실장은 아주 황당해하며 웃었다.

　아유, 뭐 하러 찾아아? 먹고살기도 고달픈데.

　이런 사람을 두고 17 대 1로 싸워서 어쩌고 했던 주방장의
말을 믿은 자신이 어이없었다. 아니지. 이래 보여도 진짜 무서
운 사람일지 몰라. 홍희는 혼란스러웠다.

　어렵지는 않아요. 그 정도야 껌이지. 출신 대학도 알고. 이름
도 알고. 나이도 알고. 아니, 그 정도면 그냥 친구들한테 물어
봐요. 뭘 이런 데 와서 찾아달라 그래애. 나도 바쁘다고오.

　좀 찾아줘요. 물어볼 친구가 없어서 그래요. 돈은 드릴게. 어
렵지도 않다며.

　나 그런 아마추어 아니야아. 무슨 일 같지도 않은 걸 갖고
와서 그래요. 참 나.

　그러지 말고, 응?

　아유, 박 여사. 내가 정말 미치겠네에. 그래, 해주면 뭐 얼마
줄 건데요? 이걸 얼마를 받아, 어?

　홍희는 이런 흥정에 익숙지 않았다. 이게 진짜 흥정인지, 아
니면 정말 일 같지 않아서 귀찮기만 하다는 건지조차 가늠이
잘 되지 않았다.

　그거 알아요? 사람 찾아서 좋은 꼴 못 봐요. 한 번도 못 봤어.

　이런 말도 익숙지 않았다. 좋은 꼴은 뭐고 나쁜 꼴은 또 뭔지.

아니, 내가 뭐 바라는 게 있는 것도 아니고. 그냥 보고 싶으니까. 봐야겠으니까. 옛날 친구 좀 보겠다는 게 그렇게 이해가 안 돼요?

그러니까, 박 여사아. 내 말은 말이죠. 박 여사가 보고 싶어 하는 것처럼 그쪽에서도 보고 싶어 할까 이걸 좀 생각해봐야 된다아, 이런 말이라니까?

그렇게 말하고 나서 장 실장은 머리끝부터 발끝까지 홍희를 훑어봤다. 지금 당신 상황을 생각해봐라, 옛 친구가 만나고 싶어는 할 거 같으냐는 충고가 담긴 눈빛이었다. 홍희는 갑자기 대답이 궁색해졌다. 정말 그럴까? 자신이 은수를 보고 싶어 하는 것처럼 은수도 자신을 보고 싶어 할 거라는 생각에 단 한 번의 의심도 품지 않았던 자신이 이상했던 건가 하는 생각이 비로소 들었다. 하지만 은수라면 자신을 보고 싶어 하지 않았을까. 아니다. 그게 아닐지도 모른다. 명문대에 간 은수가 정말 박사가 되고 교수가 되었다면 별 볼 일 없는 식당 아줌마인 자신과는 달라도 너무 다른 세계에 살고 있을 텐데 이제 와서 옛 친구랍시고 아는 척을 하면 부담스러워할지도 모르지. 왜 그런 생각은 못 했을까. 아니, 아니다. 은수가 그럴 리가 없지. 은수는 그런 아이가 아니야. 하지만 그런 아이가 아니었을지는 몰라도 이젠 그런 어른일지도 모른다. 홍희는 한참 동안 말없이 커피잔만 매만졌다.

뭐…… 아닐 수도 있고.

갑자기 풀이 팍 죽은 홍희가 딱해 보였던지 아까처럼 기세등등한 목소리는 아니었으나 장 실장이 한마디 슬쩍 덧붙였다. 반짝, 홍희의 표정에 불이 켜졌다. 그 말이 뭐라고, 마치 캄캄한 심해로 가라앉았다가 밝은 수면 밖으로 고개를 쳐든 것 같았다.

D-49 선물 같은 아이를 두고

은수는 법당 벽에 기대앉았다. 포단 위에 정좌를 하고 멍하니 있노라면 마음이 평온해졌다. 문제는 그 자세로 오래 버틸 기력이 없다는 것이었다. 앉은 자세가 서서히 허물어지면서 거의 드러눕다시피 하게 되면 다시 몸을 일으켜 정좌를 했다. 염주를 만지작거리며 눈을 감고 있는 사이 몇몇의 신도들이 들어와 절을 하고 나갔다. 절을 하다 말고 오래 엎드려 있는 사람도 있었다. 우는 걸까. 은수도 많이 울었다. 처음 절을 한 순간 울컥 솟구친 울음이 멈추지 않았다. 그렇잖아도 쇠해진 기력이 울음 끝에 바닥 상태가 되어 자신이 이미 죽은 게 아닐까 하는 느낌마저 들었다. 다시 몸을 일으키고 앉을 수 있도록 추스르는 데에 오래 걸렸다. 간신히 정좌를 해보아도 마음까지 추슬러지지는 않았다. 은수를 데려다준 교연이 차마 떨어지지 않는 걸음을 돌려 멀리까지 가고 나서였다.

　교연은 은수의 의사와 상관없이 대학병원에 예약을 했다. 교연은 수시로 췌장암에 대해 검색했고, 체중 감소의 원인에 대해서도 검색했다. 엉터리 정보가 넘쳐나는 인터넷이었지만 검색에 검색을 거듭하다보면 그중에서도 믿음 가는 정보를 건질 수 있다고 했다. 그러면서 은수 상태는 아무래도 이상하다고, 복통도 없고 등 통증도 황달도 없는데 갑자기 췌장암이라는 진단이 믿어지지 않는다고 했다. 믿어지지 않기로는 은수도 마찬가지였다. 은수가 술이나 담배를 즐기는 것도 아니고 최근에는 급격한 스트레스도 없었다. 골칫덩이 남편과 따로 살기 시작한 몇 년 전부터는 스트레스가 거의 사라졌다.

　교연으로 말하자면 정말 무엇 하나 손 가는 데가 없는 딸이었다. 일하는 엄마에게 찾아온 선물 같은 아이라고 주변에서 입이 마르게 칭찬할 정도였다. 교연은 유치원을 다니면서부터 준비물을 스스로 챙겼다. 어른의 손이 가야 할 일은 주변의 어른인 외할머니, 도우미 이모에게 알림장을 짚어가며 준비시켰다. 초등학교에 들어가선 받아쓰기부터 시작해 늘 우수한 성적을 받아 왔다. 사생 대회에서도 백일장에서도 상을 받았다. 중학교, 고등학교, 대학교까지 교연은 혼자서 묵묵히 자신이 무엇을 해야 하는지 알아보고, 그것들을 했다. 아프기 시작하자 은수는 그런 일들이 점점 사무치게 맺혔다. 아이 혼자 그것들을 해내느라 얼마나 긴장했을 것이며 얼마나 고달팠을 것인가.

염주가 걸린 손을 늘어뜨린 채 힘없이 기대앉은 은수에게 예전 기억 하나가 떠올랐다. 오래되었으나 바래지 않는, 오히려 생각하면 할수록 더 생생해지는 기억이었다. 교연이 초등학교 1학년, 은수가 팀장에서 이사로 막 승진했을 때였다. 그시절 IT 쪽은 승진도 빨랐고 업무 속도도 빨랐다. 빠른 속도는 높은 강도를 수반했다. 하루하루가 위태로워서 은수는 자신이 외줄 위에 올라선 광대 같았다.

응응, 이제 자?

은수는 입으로는 그렇게 말하면서 오른손은 마우스에, 눈은 커서에 붙잡혀 있었다.

근데 엄마, 내일까지 기차 만들어 가야 해. 우유갑이랑 병뚜껑이 있어야 해. 색종이랑 가위, 풀은 꺼내놨어. 이건 좀 어려우니까 엄마가 같이 만들어주면 좋겠어. 잘못하면 내가 손을 다칠 거야.

전화기 너머로 교연의 또랑또랑한 목소리가 들려왔다. 취침 시각을 넘기기 전에 매일 밤 이런 식의 통화를 했었다. 사무실 직원들의 머리꼭지가 칸막이 위로 동글동글하게 솟아 있었다. 은수는 작은 소리로 속삭이듯 말했다.

그럼 엄마가 사 갈게. 내일 아침에 일찍 일어나서 만들까?

아침 일찍 그걸 만들려면 은수는 몇 시간이나 잘 수 있게 될까. 길면 서너 시간, 짧으면 두 시간 정도 겨우 쪽잠을 자고 출근하던 무렵이었다.

아니, 엄마. 집에 오면 교연이 깨워줘. 아침에 만들다 지각하면 안 돼.

은수는 편의점에 가서 종이팩에 든 우유 다섯 개, 미에로화이바 한 상자를 사서 사무실로 돌아왔다.

이거 하나씩들 마시고 하지?

팀원들은 어리둥절한 표정을 지었고 은수는 팀원들에게 나눠주면서 말했다.

마시고 병뚜껑이랑 종이팩은 나 주고.

은수가 집에 도착했을 때는 다섯 시였다. 혼자 만들까 잠깐 고민하기도 했지만 결국 교연의 귀에 대고 작은 소리로 말했다.

엄마 왔어.

교연이 벌떡 일어나 앉았다.

기차 만들자, 엄마.

은수는 그 새벽, 처음으로 직장을 그만두고 싶었다. 남편이 생활비만 들여주었더라면 아마 다음 날 사표를 제출했을 것이다.

가슴이 저렸다. 교연을, 그래서 집으로 올려 보냈다. 은수는 교연을 키우며 교연에게 준 것보다 몇 배나 더 많은 보살핌과 기쁨을 이미 받았다고 생각해왔다. 교연의 존재 자체가 은수에게는 더할 나위 없는 행복이었고 세상을 살게 하는 힘이었다. 오직 교연만이 그랬다. 그런 교연을 더 힘들게 하고 싶지 않아 템플스테이를 자처해서 내려온 거였고. 은수는 자신의 요양을 원하는 것보다 더 간절하게 교연의 휴식을 바랐다. 세 번째 진료까지는 아직 시간이 많이 남아 있었고, 수술 스케줄도 마찬가지여서 은수는 한동안 이곳에 머물 계획이었다. 수술 날짜가 며칠 앞섰기 때문에 둘 중 무엇을 선택할 것인지 이곳에서 고민해보기로 했다.

절에서는 하루 세끼 식사가 제공되었고, 새벽 예불에는 참례하지 않아도 무방하다고 했다. 은수는 잘 때를 제외한 대부분의 시간을 법당에서 보낼 생각이었다. 몸이 벗어놓은 옷처럼 흘러내리면 옷걸이에 걸듯 다시 바로잡았다. 몸은 얼마 못 버티고 걸어둔 옷이 미끄러지듯 아래를 향했다. 쉼 없이 절을 하는 사람들이 땀을 흘렸다. 대웅전 앞마당에는 뙤약볕이 무수한 화살처럼 내리꽂혔다. 방에서 이곳으로 건너오는 동안 이마와 등, 가슴에까지 땀이 배었는데도 법당 안에 있는 동안은 오한이 들었다. 은수는 들고 온 스카프를 이불처럼 펼쳐서 몸을 덮었다.

D-45 떡볶이는 죄가 없다

　차창을 내리자 쿰쿰한 냄새가 와락 달려들었다. 오랜만에 맡아보는 시골 냄새가 싫지 않았다. 홍희는 눈을 감은 채 바깥 공기를 들이마셨다. 청년은 별말이 없었다. 워낙 말수가 적은 건지 말을 섞기 싫다는 건지. 냄새가 싫었는지, 더워서였는지, 청년이 차창을 다시 올렸다.

　서울을 벗어난 지 얼마나 되었을까. 홍희는 고속도로로 진입하기 전 까무룩 잠이 들었다. 차는 가다 서다를 반복했고, 청년은 차가 설 때마다 핸들을 툭툭 쳤다. 오디오는 고장이 난 듯했는데 청년은 그것도 가끔 쳤다. 음악을 들으려던 걸까, 아니면 짜증난 걸 시위하려던 걸까. 청년과의 동행은 하나도 유쾌하지 않았다. 어쩔 수 없지. 놀러 가는 것도 아니고. 주행거리 20만 킬로가 넘은 낡은 싼타페의 좌석은 꺼질 대로 꺼져 엉덩이가 아팠다. 뭐 하나 흔쾌한 게 없었지만 몇 시간만 참으면 된다. 다른 건 몰라도 홍희는 참는 것 하나는 잘한다. 하긴 출발 전부터 이미 홍희는 마음이 삐딱하게 틀어졌는데 지금은 그런 걸 따질 계제가 아니었다.

니가 말한 여자냐?

홍희는 청년이 어금니를 물고 말하는 소리를 들었다.

그럼 여자지, 짜샤, 남자냐아?

장 실장은 통쾌하다는 듯 느물거렸다. 출발 전 장 실장의 사무실에서였다.

내가 뭐 틀린 말 한 거 있냐아? 여자랑 둘이 다녀오라고오. 아니면 너가 아침부터 총알같이 튀어 왔겠냐아!

장 실장이 그렇게 말하면서 홍희를 향해 눈을 찡긋했다. 홍희도 눈을 찡긋해주려다 그건 좀 오버인 것 같아 웃는 듯 마는 듯 동조하는 표정을 지었다. 장 실장이 자신에게 호의를 베푼 게 분명한 데다, 어제 장 실장이 찾았다고 말하고 나서부터는 기분이란 게 달아난 기분이었기 때문이었다. 그저 배 속을 무언가로 자꾸 긁어내리는 것만 같았다.

저어기, 미황사다이. 땅끝에 있는 미황사아.

절이냐?

몰라? 오늘 알면 되지이. 가서 108배도 좀 하고오, 그럼 살도 좀 빠질 거고오.

장 실장은 그렇게 말하면서 지갑에서 지폐를 몇 장 꺼내 청년에게 건넸다. 청년은 낚아채듯 받아 뒷주머니에 꽂았다.

가다가 기름 좀 넣고오, 우동이라도 사 먹어라이. 형은 좀 바빠서 말이야아.

장 실장이 책상 의자에 앉아 창 쪽으로 의자를 빙글 돌렸다.

씨팔, 빚 받으러 땅끝까지 쫓아가는구나.

심사가 틀어진 청년이 투덜거리자 장 실장이 흥얼거리듯 말했다.

지옥 끝까지라도 간다이.

참 내. 받을 빚이라도 좀 있으면 좋겠네. 사람만 만나면 된다니까요.

소파에 앉아 있던 홍희가 청년에게 다가서며 말하자 청년이 한 발 뒤로 물러서면서 홍희를 아래위로 재빨리 스캔했다. 홍희는 색깔이 서로 다른 기능성 티셔츠와 바지를 입고 있었다. 멀리 간다는 말에 편한 옷을 되는대로 입고 나온 게 후회가 되었다. 너무 초라해 보이나. 좀 괜찮은 걸로 골라 입고 나올걸. 찾았다는 말에 흥분한 거지. 홍희는 자신의 차림새를 의식하면서 청년의 얼굴을 물끄러미 올려다보았다. 얼굴 한쪽을 덮고 있는 불그스름한 모반에 자신도 모르게 눈길을 고정했다. 청년이 고개를 획 돌렸다.

박 여사아, 고 대립니다아, 잘 다녀오세요오.

장 실장이 재촉했다.

오는 동안 청년은 담배를 피우느라 주기적으로 창을 내렸다 올리곤 했다. 그때마다 바람이 홍희의 푸석한 머리칼을 파르르 훑고 차내를 한 바퀴 돌아 나갔다. 홍희는 등과 어깨가 결리는 걸 느끼며 깨어났다가 다시 잠으로 혼곤히 곤두박질치기를 반복했다. 출발 전까지만 해도 긴장으로 속이 이상했는데 차에서 몇 시간을 보내며 내리다 말다 하는 빗줄기를 보면서는 그마저도 사라지고 그냥 멍한 상태가 되었다.

청년이 창밖으로 가래를 뱉는 소리가 난다. 홍희는 허리를 움찔거리며 마른세수를 했다.

누구 찾는 겁니까?

청년은 내내 궁금했을 질문을 그제야 했다. 장거리 운전자 옆에서 잠만 잔 게 염치가 없어 선뜻 대답이 나오지 않았다. 그런 이유가 아니더라도 대답이 쉽지 않았다.

남편 바람났어요?

홍희가 청년을 물끄러미 봤다. 피식 웃음이 나려는 걸 참는다. 바람난 남편? 바람이 낫지. 뭘 찾아. 나가준 게 고맙지.

빚 아니면 바람인데?

청년이 그것 말고는 답이 없다는 듯 자신 있는 목소리로 말했다.

가보면 안다는데……

누가요?

장 실장이.

뭔 소리래.

청년이 표면에 물방울이 잔뜩 맺힌 테이크아웃 컵을 들고 커피를 한 모금 넘겼다. 홍희는 차창 밖 먼 곳을 본다. 비는 그쳤고 하늘이 잔뜩 내려앉았다.

장 실장은 왜 그렇게만 말했을까. 아무래도 뭔가 숨기는 눈치였다. 뭘까. 은수가 왜 남해안의 절에 있는 걸까. 얼마 전 드라마에서 학력고사 만점을 맞은 청년이 중이 된 걸 봤는데 은수도 그런 경우일까. 그렇다면 장 실장은 왜 속 시원히 말을 안 해줬을까. 은수에게 무슨 일이 있었던 걸까. 홍희의 불안감이 커져갔다.

평일 고속도로는 한산할 줄 알았다. 길은 톨게이트까지 가는 동안 막힐 만큼 막혔고, 수도권을 벗어나서도 좀 달려볼 만하면 막혔다. 본격 휴가철이 아닌데도 이렇게 막히니 피크에는 얼마나 지옥 같을까. 휴가 가는 사람들은 좋겠다. 청년도 같은 생각을 했는지, 교통 체증이 짜증스러운지 오디오 박스를 다시 쿵쿵 쳤다. 고장난 것도 서러울 오디오는 이제 청년의 욕받이로 전락했다.

에이, 씨팔. 안 나오냐?

안 나올 걸 알면서 청년은 한 번씩 욕을 했다. 홍희는 자신에게 차마 못 한 욕을 애꿎은 오디오에 대고 하는 것 같아 불쾌했지만, 젊은 애가 그럴 수도 있다고 생각하기로 했다. 홍희가 마음을 다스리는 반면 재우는 투덜거리면서 결심을 다지는 중이었다. 절대로! 당일치기! 이 새끼가, 여자랑 다녀오라더니. 나쁜 새끼! 이 십탱구리야! 결심은 소리 나지 않게 입술로만.

가다 서다 하는 사이 홍희는 어느 결에 또 잠들었고, 재우는 홍희 쪽을 힐끔 봤다. 와, 이 아줌마는 대체 밤에는 뭘 하고 이렇게 처주무시나. 끙끙 앓는 소리만 안 해도 좀 참을 만할 텐데. 재우는 여자가 끙, 할 때마다 오디오를 툭 쳐보기도 하고 한숨을 푹 쉬기도 하다가 저도 모르게 짠한 마음이 들었다. 얼마나 고단하면.

길은 단조롭고 바깥은 덥고 습하고 조수석 아줌마는 잠만 자니 재우도 슬슬 졸리기 시작했다. 재우는 아침 일찍 일어날 이유가 없는 사람이었다. 백수답게 아무때나 자고 아무때나 일어날 것 같지만 늦게 자나 일찍 자나 늦게 일어난다는 점에서는 대단히 일관성이 있다. 그런데 그 일관성을 인정사정 보지 않고 깨부수는 사람이 있었으니, 바로 수완 새끼였다. 부르면 달려갔다. 눈썹 휘날리며, 아니 뱃살 출렁거리며.

유일한 수입이 수완이 챙겨주는 수고비여서 그런다고 하면 재우는 섭섭해진다. 남들 눈에는 어떻게 보일지 몰라도, 그러니까 고용인과 피고용인, 갑과 을로 보일지는 몰라도, 또 수완은 어떻게 여길지 몰라도, 재우의 마음은 단순하지 않았다. 수완은 형이고, 아버지이며, 삼촌이며, 보스 같은 존재라고 할 수 있는데 남들에게는 친구라고 말한다. 왜냐. 그게 사실이라서. 둘은 한동네에서 자라 중학교까지 같이 다녔다. 그때도 지금과 크게 다르지 않았다. 달라진 게 있다면 수완은 돈을 주고 재우는 받는다는 점? 그 시절에는 재우가 주고 수완이 받았지. 물론 자발적인 건 아니었지만.

차는 느릿느릿, 시간도 느릿느릿. 재우는 불현듯 그 시절의 사건 하나가 떠올랐다.

난 되지. 넌 안 될걸?

수완이 약을 올렸다. 깐죽대기로는 아주 따를 놈이 없었다.

다 안 되는 거 아니야? 너도 안 되잖아!

형은 된다니까. 얘들도 다 돼. 그거 되기 전에는 이거 못 먹는다.

수완이 떡볶이를 두고 둘러앉은 놈들에게 먹어, 라고 말하자 젓가락들이 난무했다. 재우는 팔꿈치를 더욱 가열하게 얼굴로 잡아당기며 혀를 쭉 뽑았다. 목을 있는 대로 늘여 팔꿈치에 혀가 조금이라도 가까워지도록 안간힘을 쓰자 목에 핏줄이 서고 얼굴이 빨개졌다. 재우는 자신의 팔꿈치와 떡볶이 접시를 번갈아 노려봤다. 떡볶이가 줄어드는 속도는 그야말로 빛의 속도에 견줄 만했고 접시는 비기 직전이었다. 급박해진 재우가 눈을 질끈 감고 힘을 준 순간 느낌이 왔다. 팔꿈치에 말랑하고 촉촉한 것이 스치는 느낌. 혀끝에 찝찌름하게 느껴지는 익숙한 맛. 그것들이 실재였는지 착각이었는지 재우는 후에도 내내 헷갈렸다.

재우가 비명을 지르며 바닥을 굴렀다. 입에 떡볶이를 문 놈들이 겁을 먹고 우왕좌왕했고, 늘 큰형처럼 폼을 잡던 수완도 고작해야 한 살 더 많은 철없는 아이였을 뿐 어쩔 줄 몰라 하는 건 마찬가지였다. 사태를 정리한 사람은 분식집 주인 여자였다. 재우가 바닥에 드러누운 채 이리저리 몸을 뒤치며 고통스런 비명을 지르는 사이 주인 여자가 두 손으로 팔과 어깨를 콱 움켜쥐고 힘을 주었다. 재우는 기절할 듯 비명을 지르고는 축 늘어졌다.

야, 됐다! 일어나!

주인 여자가 앞치마에 손을 문지르며 말했다.

우리 집이 접골원 했거든.

주방으로 들어가 떡볶이 한 접시를 내온 주인 여자가 재우에게 주며 다른 놈들에게 엄포를 놓았다.

먹기만 해봐! 못된 것들!

재우는 훌쩍거리면서 한 접시를 다 먹었다. 국물을 싹싹 핥고 있을 때 수완이 슬그머니 일어나 스텐 컵에 물을 받아 왔다.

한번 빠진 어깨는 자주 빠졌다. 몇 번 빠지고 나자 재우는 필요에 따라 어깨를 빼고 끼워 넣을 수 있게 되었다. 탈골된 팔을 돌려 기기묘묘한 동작을 시전하거나 덜렁거리게 하면 웬만한 놈들은 겁을 먹었다. 수완은 재우를 꼭 데리고 다녔다.

그 세월이 이어져 어언…… 재우는 햇수를 계산하다 말고 피식 웃었다. 그 떡볶이 참 기가 막혔는데. 하지만 그 일이 있은 후로 떡볶이는 유일하게 못 먹는 음식이 되고 말았다.

D-44 눈물보다 술

아프다. 구석구석 아프지 않은 곳이 없다. 홍희는 이불을 뭉쳐 안고 뒤척이다가 이상한 느낌에 잠이 확 깼다. 이불의 촉감도, 잠자리의 쿠션감도 생소했다. 창밖은 희붐했다. 아침인가. 눈을 가느스름하게 뜨고 실내를 살피는데 천장에 이불 덮은 여자가 붙어 있다. 낮게 비명을 지르며 홍희가 벌떡 일어나 앉았다. 천장의 여자도 몸을 꺾었다.

괜찮아요?

여기가, 그러니까, 모텔방이었던 것이다. 홍희는 반사적으로 옷차림을 살폈다. 티셔츠는 입었지만 하의는 실종된 상태. 침대 밖 바닥에 바지가 떨어져 있었다. 홍희는 이불로 하체를 감싼 채 팔을 길게 뻗어 바지를 집어 올렸다. 청년이 자지러질 듯 웃다가 눈물까지 찔끔거렸다. 이게 웃기냐. 홍희는 기분이

팍 상했다. 가뜩이나 머리도 깨질 것같이 아픈데.

아줌마! 왜 쫄고 그래요!

청년은 웃으면서 말했지만 홍희는 웃을 수 없었다.

아니, 누님! 우리가 아무리 누나 동생 하기로 했지만 그래도 이건 아니지. 누님 울 엄마보다 세 살 적다며! 그리고! 거울 좀 봐봐요. 말이 돼?

누님이라는 말을 듣는 순간 어젯밤에 말을 놓고 이름을 부르기로 한 게 생각났다. 엄마보다 세 살 적다는 건 납득이 되지만 거울 좀 보라는 말은 너무한 거 아닌가. 발끈한 티를 내기도 전에 청년이, 아니 재우가 덧붙였다.

에이, 나도 수준이 있다고.

야!

홍희가 냅다 소리를 질렀다. 재우가 거울을 통해 홍희를 쳐다봤다.

어어, 지금 나 불렀어요?

아니, 내 말은……

그러니까 누님 말은?

재우가 피식 웃었다. 그래, 네 말이 맞고말고. 맞긴 맞는데. 홍희도 피식 웃고 말았다.

나도 수준 있다고.

말하자마자 홍희가 킥킥거리기 시작했고, 재우가 헐, 하더니 낄낄거렸다. 홍희는 침대에 앉아서, 재우는 화장대 의자에 앉아서, 이러다 호흡곤란이라도 오는 게 아닐까 할 정도로 끅끅거리며 웃었다.

운전할 때 내가 힐끔거렸다며? 우와, 이 누님 사람 잡네. 이제 백미러도 못 보겠네. 서울까지 어떻게 가?

재우가 냉장고에서 생수를 꺼내주며 홍희를 놀렸다. 물을 보자 갈증이 났다. 갈증은 진즉에 났을 텐데 너무 당황해서 그런 줄도 몰랐다. 병뚜껑을 따면서 방 안을 대충 둘러보자 창가 원탁 위의 찌그러진 맥주 캔과 소주병이 눈에 들어온다. 저게 다 몇 개냐.

전날 홍희는 법당에 들어가 절부터 했다. 108배를 하려다 숫자를 자꾸 놓치는 바람에 200번 정도는 한 것 같은데, 은수부터 찾을 생각을 않고 왜 그랬는지 모르겠다. 오르막길을 걸어 대웅전 앞에 다다른 순간 무엇에 홀린 듯 안으로 들어섰다. 들어가선 바로 포단을 끌어다놓았고.

아니, 순서가 그게 아니다. 올라가는 길에 마루의 전화를 받은 게 먼저다. 엄마, 어디야? 어, 절이야. 거긴 왜? 왜는 무슨, 놀러 왔지. 엄마, 잘 지내지? 그럼. 놀러 온 거 보면 몰라? 아들! 밥 잘 먹고! 어, 엄마도!

마루를 위해 기도했다. 스무 살에 집을 나가 나쁜 길로 빠지지 않고 꿋꿋하게 홀로서기를 한 아들은 생각만 해도 먹먹해졌다. 얼마나 기특한지. 얼마나 짠한지. 아들의 목소리는 씩씩

했지만 그 너머에는 말하지 않은 괴로움도 있을 거였다. 홍희가 마루에게 그랬던 것처럼. 홍희는 그런 것을 아는 나이가 되었지만, 마루는 아직 그런 것까지는 몰랐으면 싶었다.

은수를 만나기는 했다. 사무실에 가서 김은수를 찾는다고 했더니 의외로 선선히 알려주었다. 아, 그 요양 오신 분요. 병문안 오셨나봐요. 그 말을 듣자 한편 안심이 되고 한편 가슴이 철렁 내려앉았다. 안심과 불안이 동시에 느낄 수도 있는 감정이란 게 이상했다가 곧바로 안심했던 마음이 엷어지고 불안이 더 크게 자리잡았다. 요양이라니. 은수가 무슨 큰 병에 걸렸기에 요양차 와 있는 걸까. 가족이 없는 건가. 결혼은 했는지, 남편도 있고 자식도 있는지, 있다면 관계는 어떤지 하는 의문들이 은수의 방으로 가는 짧은 시간 동안 순서대로 떠올랐다.

떨리는 마음으로 문을 두드리자 방문이 아주 천천히 열렸다. 앉은 채 문을 연 여자는 예전 얼굴에서 젖살을 제거한 뒤 대신 주름과 세월을 채운 얼굴을 하고 아무 호기심도 담기지 않은 눈으로 홍희를 봤다.

은수? 김은수?

홍희가 떨리는 목소리로 불렀다. 은수는 그제야 엷은 궁금증을 담은 눈빛을 했다. 홍희가 툇마루에 엉덩이를 걸치고 앉아 은수의 손을 가져다 잡았다. 앙상했다. 여름인데도 손은 냉한 느낌이 들었다.

정말 오랜만이다. 나 홍희야. 박홍희.

얼떨떨해하던 은수가 단박 눈에 생기를 띠었다.

홍희야. 홍희야.

은수가 홍희의 손을 맞잡았다.

그래, 은수야. 나 홍희야.

홍희의 눈에 왈칵 눈물이 솟았다. 은수의 눈도 젖어 들었다. 거기까지가 쉬웠다. 그다음 말로 뭘 골라야 할지는 너무 어려웠다. 원래 어려운 건 은수가 잘했었다. 하지만 이제 은수는 많이 아프고 아픈 사람에게 어려운 일을 떠넘길 수는 없다.

아프다며? 많이 아파? 어디가 아파? 여긴 혼자 왔어?

조심스럽게 이야기를 꺼내야 한다고 생각해놓고선 막상 말이 시작되자 멈춰지지가 않았다.

아파서 죽기 전에 숨넘어가서 죽겠다. 들어와.

은수가 안쪽으로 몸을 들이며 말했다. 방 안은 정갈했다. 별다른 장식은 없고 깨끗하게 발라진 창호지와 문살이 장식 역할을 하는 방이었다. 군더더기가 하나도 없는 것이, 꼭 은수 같았다. 짜증이나 지저분한 질투나 편견 없는 은수.

딸애가 데려다주고 올라갔어. 가라고 했어. 얘기하자면 긴데······

은수의 목소리에는 기운이 하나도 없었다. 반가움보다 힘겨움이 앞서 보여서 질문을 퍼부은 홍희는 자기 머리를 쥐어박고 싶었다.

암이래.

말을 고르기가 더 어려워졌다.

무슨……

췌장.

둘은 한동안 침묵했다. 은수를 만나면 할 말이 끝없이 쏟아질 줄 알았는데, 은수도 옛날처럼 재잘거릴 줄 알았는데, 광대가 도드라지게 여윈 은수를 앞에 두고 홍희는 가슴이 콱 막힐 뿐 무슨 말을 더 이어가야 할지 막막했다. 췌장암은 발견했을 땐 이미 손쓰기 어려운 경우가 많다는 말을 홍희도 여러 번 들었다. 주변에 췌장암 걸린 사람이 없는데도 그랬다. 차라리 몰랐더라면 좋았을걸. 홍희는 벌어진 입술을 다물지 못한 채 눈물을 뚝뚝 떨구었다. 그러지 않으려 애를 썼지만 뜻대로 되지 않았다.

잘 살지?

은수가 희미하게 웃으며 물었다.

잘 사느냐는 물음이 건강하냐는 물음으로 들렸다. 홍희는 입고 온 옷과 푸석한 머릿결을 의식하면서도 눈가를 훔치며 명랑하게 답했다.

그럼, 난 걱정 없어.

은수가 손에 한 번 힘을 주었다. 홍희의 손에도 힘이 들어갔다. 은수의 힘이 너무 약해서 홍희도 그에 맞추어 신중하게 응답했다. 둘은 손을 맞잡은 채 말이 없었다. 그간 살아온 이야기를 풀어놓기에는 보따리가 너무 컸다. 30년이 넘는 세월은 생각만큼 훌쩍 뛰어넘어지지 않는 거였다. 더욱이 지금의 은수에게는 어떤 이야기도 섣불리 꺼내놓을 수가 없었다. 결혼은 했고, 아들이 하나 있는데 독립했고, 식당 일을 한다고 간단하게 말했다. 식당 일이라고 말하면 초라해 보이지 않을까 조금 머뭇거렸다. 은수의 표정에는 아무런 편견도 드러나지 않아 고마웠다. 혹시 그런 감정 표현조차 내색하기 힘들어서 그랬던 걸까. 그건 아닐 거다. 은수는 아닐 거야. 그렇게 공부를 잘하던 은수가 미호는 몰라도 기민이나 홍희와 늘 어울려 다녔던 걸 아이들이나 선생들 모두 신기하게 여겼을 정도니까. 은수는 그런 경계가 없는 아이였다. 잘났는데 잘난 티를 내지 않는 아이가 은수였다. 그게 얼마나 귀한 마음인지 그때도 알았지만 살아오면서는 더 절절히 느꼈다.

미호는? 기민이는? 좀 봐? 연락이 다 끊어졌네. 자취에 하숙에…… 옮겨다니다가……

은수의 물음에 홍희는 선뜻 대답을 못 하고 얼버무렸다.

미호는 잘살아.

거짓말은 아니었다. 미호는 잘사니까.

그리고 기민이는……

홍희는 말할까 말까 망설였다. 졸업하자마자 수학이랑 몰래 연애하느라 점점 연락을 피하더니 결혼하고 나서는 아예 미호와 홍희를 포함해서 동창들을 싹둑 도려냈다고. 마지못해 몇 번 만났고 가끔 전화하면 받지 않거나 받아도 뻔한 핑계를 대며 금방 끊어버리기 일쑤였다고. 그래서 이제 더는 연락하지 않는다고. 수십 년 만에 만난 아픈 친구에게 그런 말을 하게 되지는 않았다.

은수가 희미하게 웃으며 비스듬한 자세로 누웠다. 홍희는 연락처만 주고받은 뒤 서둘러 일어섰다. 은수가 변한 건 아닌데, 아닌 것 같은데, 아파서 꼭 변한 사람 같았다. 그걸 서운해하자면 자신이 너무 못되고 못난 인간인 거다. 그렇다고 성에 찰 때까지 붙어 앉아 힘들게 할 수도 없었다. 은수가 연락처를 주고받으면서 전화기는 꺼두었다고 했다. 그 말이 이상하게 들렸다. 마치 나중에 부고를 띄울 연락처를 받아두는 것 같아서 홍희는 일부러 호들갑을 떨었다. 밤에 잠 안 오면 언제든 전화해. 24시간 풀가동이야. 카톡 해도 되고. 알았지?

홍희가 방에 머문 시간은 20분도 채 되지 않았다. 하려던 말은 하나도 못 했고, 못 한 줄도 몰랐다. 그러고 돌아오는 길에 국도 변 식당에서 술을 마시기 시작했던 거다. 엉뚱하게 재우를 붙잡고 엉엉 울면서.

모텔방 탁자 위에 쌓인 술병이 식당서 해치운 것보다 많다. 운전해야 한다고 마다하던 재우에게 인생 뭐 있냐고, 별거 없다고, 마시고 싶을 때 마시라고 윽박지르다시피 술을 먹인 것도 홍희였다. 재우는 죄가 없다.

서둘러요. 점심시간에는 도착해야 된다며. 해장은 없어요.

휴게소도 안 들를 거고. 가면서 이거라도 들어요, 누님.

　재우가 컵라면에 뜨거운 물을 부었다. 홍희는 몸도 아프고 머리도 깨질 듯한데 재우는 아무렇지 않아 보였다. 그렇게 마시고도 멀쩡하게 일어나다니. 술 먹는 하마도 아니고. 그 와중에 컵라면을 챙겨주는 걸 보면 나쁜 놈은 아니네. 그런데 누나 동생 하기로 했다는 게 좀 웃겼다. 마루보다 겨우 몇 살 더 많아 보이는데 누님이라니 공연히 목덜미가 간질간질했다.

D-40 16분음표, 4분음표, 메트로놈, 오선지

고속 열차를 타면 하루에도 횡하니 다녀갈 수 있는 길을 왜 미루고 미루어왔는지 미호는 자신이 너무 한심하게 느껴졌다. 남편이 새벽같이 나가고 나면 밤까지 종일 혼자 집에 있으면서도 막상 길을 나서려면 내키지 않았다. 아무 거리낄 것이 없음에도 거미줄처럼 가늘고 끈질긴 무언가가 발목을 감고 놓아주지 않는 듯했다. 집은 더 청소할 게 없을 정도로 반들반들했고, 냉장고에는 적당한 찬거리와 신선한 재료들이 적정량 들어 있었으며, 베란다 건조대의 빨래는 보송하게 말라갔고, 청소 후 빨아둔 걸레도 나란히 널려 있었다.

아무도 그 이상의 미호를 필요로 하지 않았다. 질서를 벗어나지 않는 집, 관계들. 이것이 전부일까. 미호는 그 질문을 30년째 자신에게 해왔다. 정말 이것 이상은 없는 걸까. 내 인생이란 이것들을 빼고 나면 아무것도 남는 게 없는가. 그런 생각에 한 번 붙들리기 시작하면 며칠 동안 한없이 가라앉았다. 깊이 가라앉아 수압으로 납작하게 되고 흐느적대는 수초에 휘감겨 옴짝달싹 못 하는 기분이었다.

동대구역 광장을 벗어난 미호는 버스 정류장 전광판을 물끄러미 쳐다보았다. 엄마 집으로 가는 버스는 17분 후에 도착 예정이었다. 아직 오전임에도 도시 전체가 뜨겁게 타올랐다. 정류장 지붕에서 쿨링 포그가 뿜어져 나왔다. 아닌 게 아니라 이곳의 더위는 압도적이다. 열기로 지글거리는 아스팔트 위로 신기루가 보였다. 멀리서 보기엔 영락없는 물웅덩이였다가 다가가면 사라져버리는 신기루. 미호는 성장기에 충분히 경험했음에도 신기루와 그것을 만들어내는 폭염이 새삼스러웠다.

야, 야, 우리 저기까지 가보자!

그렇게 말하고 먼저 달리기를 시작한 사람은 홍희였다. 홍희는 아무 근심도 없는 아이 같았다. 가방에는 늘 만화방에서 빌린 만화책이 수북하게 들어 있었고, 아무데서나 티브이에서 본 춤을 따라 추곤 했다. 만화에 열광한 건 미호도 마찬가지였지만 만화책을 빌릴 생각은 못 했다. 빌려 보기 시작하면 쳇바퀴에 올라탄 다람쥐처럼 계속 달려야 했다. 신간이 나오기를 기다리고 그걸 빌리기 위해 매일 만화방에 들락거려야 했는데 용돈을 톡톡 털어도 성에 찰 만큼 빌려 볼 수 없었다. 홍희네

집도 형편이 넉넉해 보이지 않았지만 용케도 만화책이 끊이지 않았다.

　무거운 책가방을 사선으로 둘러매고 홍희가 달리기 시작하자 은수가 그 뒤를 따랐다. 기민은 절대 뛰지 않았다. 걸핏하면 혼자 처졌고 애가 어디 갔나 하고 보면 엉뚱한 데서 4차원 같은 짓을 하고 있었다. 길거리에 서서 지우개로 저글링 연습을 하기도 했고 자전거 수리하는 광경을 넋 놓고 보느라 자전거포 앞에 쪼그려 앉아 있기도 했다. 그럴 땐 주로 미호가 가서 끌고 오곤 했다.

　홍희는 잘 달렸다. 나이스 운동화를 신고 타닥타닥 발소리를 내며 바람을 갈랐다. 교복 자율화가 되고 나서 있는 집 아이들은 나이키나 프로스펙스, 아식스 같은 메이커 운동화를 경쟁적으로 사 신었다. 홍희는 짝퉁인 나이스를 신고도 기죽는 법이 없었는데 미호는 그런 홍희가 부러웠다. 미호의 신발은 지하상가에서 산, 짝퉁에도 못 드는 보세 운동화였다. 그런 신을 신고는 홍희처럼 빨리 달릴 수 없었다. 아니다. 미호는 사실 달리기라면 젬병이었다. 대체로 동작이 느렸고, 항상 일정 수준으로 주눅이 든 상태였다. 오직 친구들과 함께 있을 때만 편안해져 주변의 눈치를 보지 않았다. 넷이 있을 때면 공부 잘하는 은수의 친구, 씩씩한 홍희와 세상 무서울 것 없는 기민의 친구이기 때문이었다. 언제나 든든했고 으쓱해지기까지 했다.

　같이 가자!

은수의 구두는 굽이 달려 있어서 홍희처럼 빨리 달릴 수 없었다. 홍희는 뒤도 돌아보지 않고 달렸다. 미호는 은수의 뒤를 따랐다. 보세 운동화가 구두보다는 달리기에 나았지만 미호는 여간해서는 전력으로 달리지 않았다. 재미로 달릴 만큼의 흥은 미호에게 없었다. 그때는 사춘기여서 그렇다고 막연히 생각했으나 지금 와서 돌이켜보면 미호의 인생은 늘 어느 정도의 우울에 잠식당해 있었고 거기에는 이런저런 이유들이 있었다.

하지만 지금 이 순간 미호에게 중요한 건 그 시절 넷이 뭉쳐 다닐 때가 자신의 삶에서 가장 명랑한 시기였다는 것이다. 그때 좀 달려갈걸. 가다가 넘어지더라도 홍희가, 은수가 일으켜주었을 텐데. 기민은 넘어진 줄도 몰랐겠지. 미호는 멀리서 아른거리는 신기루를 바라보며 문득 그런 생각을 했다. 그러자 웃음이 났다.

야! 야! 오지 마!

아, 왜! 뭐야!

홍희가 두 팔을 번쩍 들어 휘저었고 은수가 소리치며 달려갔다.

아무것도 없어!

홍희는 제자리에서 이리저리 바닥을 살피며 고개를 갸웃거렸다.

뭔데? 왜?

은수가 숨을 헐떡이며 도착했고, 미호가 그다음이었다.

아까 여기 물웅덩이가 있었거든. 이상하잖아. 왜 여기 웅덩이가 있냐고. 근데 없다? 너무 이상하지 않아?

은수가 깔깔거리는 바람에 어리둥절한 표정으로 바닥을 살피던 미호가 머쓱해졌다.

야, 그거 신기루야.

뭐? 신기루? 그거 사막에 있는 거 아냐? 오아시스인 줄 알고 가보면 그냥 사막이라는 그게 신기루 아니야?

홍희가 깜짝 놀랐다.

그러니까 그게 사막에만 있는 게 아니고.

은수가 차분차분 설명을 시작했다. 아스팔트가 달궈지면 공기가, 굴절률이, 물체의 위치가, 하면서 이어지는 은수의 설명에 쌍꺼풀도 없는 홍희의 눈이 커다래졌다.

우와, 은수는 역시 다르다. 그치?

응응. 그러게.

미호가 고개를 크게 끄덕였다. 미호가 놀랍다고 여긴 건 신기루를 설명하는 은수만이 아니라 고작 그런 일에 엄청난 발견이라도 했다는 듯 반응하고 감탄하는 홍희의 태도이기도 했다. 홍희가 높은음자리라면 미호는 낮은음자리랄까, 홍희가 16분음표라면 미호는 4분음표랄까, 그런 차이는 익숙하다 생각했지만 막상 새로운 일에 맞닥뜨리면 깜짝 놀랄 수밖에 없었다. 은수는 뭐랄까, 메트로놈이었다. 정확했고, 지치지 않는

평정심 같은 것이 내장된 완전체 같은 아이였다. 상황이 종료
되고 느릿느릿 도착한 기민은 아직 아무것도 그려지지 않은
빈 오선지였다.

　미호는 어느새 정류장을 벗어나 멀리 신기루가 아른거리는
쪽을 향해 걷고 있었다. 걸어도 걸어도 닿을 것 같지 않던 물
웅덩이였는데 걷다보면 스르르 사라져버리고 다시 저멀리 끓
어오르는 아스팔트 위에 반짝거리는 물웅덩이가 새로 생겼다.
미호는 이상하게 신이 났다. 걸음이 점차 빨라지면서 저기까
지만, 또 저기까지만 하며 걷게 되었다.

　내리막에서 왼쪽으로 꺾어 다시 오르막에 접어들었을 때
예전에 타고 다니던 버스 번호가 생각났다. 66번이었다. 66번
버스는 배차 간격이 떠서 한 대를 놓치면 여지없이 지각이었
다. 버스에서 내려 숨이 턱에 차게 뛰어도 어림없었다. 어느 날
인가, 감기 끝에 가만히 서 있기만 해도 휘청거리던 등굣길에
66번을 타고 가다가 중간에 내린 적이 있었다. 아마 중학교
2학년 때였을까. 아니면 3학년? 기억이 정확하지 않았다. 계절
이 여름이었던 것만 확실했다. 찜통이나 다름없었던 버스가
땀 냄새에 점령당해 당장이라도 썩어 문드러질 것만 같았으
니까.

　세 정거장만 더 가면 되는데 도저히 견딜 수 없었다. 차라리
쓰러지고 싶었으나 만원 버스에는 쓰러질 공간도 없었다. 회

수권 한 장이 아까워 쩔쩔매던 시절이었음에도 미호는 과감하게 차에서 내렸다. 아니, 튕겨 나갔다는 표현이 옳을지도 모른다. 조금이라도 덜 치이려고 뒷문 발판으로 가까스로 내려서자 문이 열릴 때 미호의 몸이 활시위처럼 휘면서 버스 밖으로 내동댕이쳐졌다. 다시 올라타려면 어떻게든 탈 수 있었겠지만 그럴 기력도 의욕도 남아 있지 않았다. 정류장에 주저앉아 떠나는 버스를 망연히 바라보았을 때 차창으로 몇몇 아이들의 휘둥그레진 눈이 보였다. 왜 저기서 내려? 하는 눈빛들. 미호가 왜 내렸는지 아무도 몰랐다.

66번이 다니던 길을 따라 걸었다. 66번 버스는 더 이상 존재하지 않았다. 오가는 버스는 이제 모두 세 자리의 번호판을 달고 있었다. 오르막이 정점에 다다랐을 때 오른쪽 내리막길로 접어들었다. 그 시절에도 시장이 있었던가. 음식점들이 드문드문 이어지다 내리막이 끝난 지점에서 다시 오른쪽으로 길을 잡자 재래시장이 본격적으로 시작되었다. 여기였다. 그때 미호가 튕겨 나갔던 정류장이.

그런데 그때, 미호를 팽개치고 출발해버린 버스는 학교로 가는 마지막 오르막에서 타이어가 펑크났다고 들었다. 아이들은 투덜대면서도 가방을 들고, 혹은 이고 단체로 달렸다. 투덜거리는 소리는 와그르르 쏟아지는 유리알 같은 웃음으로 바뀌었다. 의외의 사건이라면 뭐든 다 재미날 나이였다. 그러고서 교문에서는 지각으로 걸려 벌을 받았다고 했던가. 벌을 받으면서도 묘한 흥분으로 키득거리다 더 혼이 났다고 했던가. 수십 년을 까마득하게 잊고 있었던 일이 어떻게 갑자기 떠오른 걸까. 이상한 일은 들은 일조차 생생하게 기억나면서도 정류장 인도에 주저앉아 있던 순간 이후의 일은 전혀 기억이 안 나는 것이었다. 그날 걸어서 학교까지 갔는지, 집으로 돌아갔는지, 다시 버스를 탔는지조차도.

조각난 기억이라도 있다면 꿰어 맞추기라도 하련만 통째로 사라져버린 기억은 더듬어보는 것도 불가능했다. 그럼에도 회상 아닌 추측을 해본다면 아마 아픈 몸으로 시간을 좀 보낸 다음 버스를 거꾸로 타고 집에 돌아가 누웠을 것이다. 미호는 웬만하면 상식의 범주를 벗어나지 않았다. 그러지 못했다. 그러고 나서는 해가 질 때까지 잤을 텐데, 저물 무렵부터 늦은 밤까지 한 명 한 명 각자의 학교나 일터에서 돌아온 식구들은 미호가 학교에 다녀와서 자고 있는 줄 알았을 것이다.

미호는 그랬다. 일상의 틀을 벗어나는 일이 좀체 없어서 학교에서도 존재감이 희박했고, 집에서도 없어도 표시가 안 나는 아이였다.

그때나 지금이나.

미호가 한숨과 함께 혼잣말을 내뱉었다. 존재감 없음. 50년 넘게 산 미호의 특징을 뭉뚱그려보라면 이 다섯 글자로 충분했다. 미호 스스로 그렇게 치부했을 뿐 아니라 주변인들도 미호를 그렇게 대했다. 가족도 주변인이었다. 엄마는 아프거나 돈이 필요할 때 미호의 존재감을 부각시켰고, 남편은 밥이 필요할 때 미호를 찾았다. 대체로 평온한 일상이었으나 평온하다는 말이 무력하다는 말과 어떻게 다른지 미호는 설명할 길이 없었다.

더웠다. 순도 높은 더위가 땅과 하늘 사이를 메웠다. 끓어오르는 지열과 내리쬐는 태양열 사이를 걷는 미호의 등과 목덜미가 흠뻑 젖었고 얼굴에 흐르는 땀을 닦아내느라 손수건도 푹 젖었다. 이렇게 더운 날 걷고 있는 자신이 미련하게 느껴졌지만 미호는 걸음을 멈추지 않았다. 마지막 오르막만 넘으면 미호가 다닌 중학교였다. 한없이 삭막했던 학교였다.

개교 원년의 입학생이었던 미호는 꽤 먼 거리의 야간 상업고등학교 건물에서 세입자 노릇을 하다 2학기부터 이 교정으로 등교했다. 운동장에는 큼지막한 돌들이 굴러다녔고 그늘을 드리우는 나무 한 그루 없었다. 운동장에서는 굴삭기와 불도저가 수업 시간에도 굉음을 내며 작업을 했고 그나마 가을이 되어서야 운동장이 평평하게 골라졌다. 이번에는 소음이 아니라 동원이 문제였다. 1학년만으로도 1000명이 넘는 여학생들이 매일 한 차례씩 운동장에 집합하여 일렬횡대로 운동장을 훑었다. 교복 치마에 돌을 주워 담아 양동이를 채워야 비로소 하루 일과가 끝났다. 공들여 주름을 잡은 새 동복 치마는 흙투성이가 되었고 아이들이 작은 소리로 투덜거렸다. 행주대첩도 아니고 이게 뭐야, 새 교복에. 큰 소리를 낸 아이들은 그 자리에서 맞았다. 야만도 그런 야만이 없었으나 매사 그러려니 하던 시절이었다. 그리고 그러려니야말로 미호의 오랜 자세였다.

테니스장이 두 면이나 있었던 광활했던 운동장은 그리 넓지도 않았다. 당시로는 일고여덟 단의 스탠드가 학교의 큰 자랑이었는데 그것도 그저 그랬다. 그때는 없었던 체육관이 운동장을 가운데 두고 교사 반대편에 지어져 있었고 다른 건물도 더 들어서 있었다. 원래는 넓었구나 싶었다. 삭막해서 더 넓었을 테고.

미호는 나무 밑 벤치에 앉아 샌들을 벗고 발바닥을 주물렀다. 오래 걸은 후라 발바닥은 화끈거렸고 한 군데는 물집이 잡히기 직전이었다. 텅 빈 학교는 고요했다. 아무도 얼씬거리지 않는 여름방학의 교정은 현실감이 결여되어 앨범 속 사진 같은 느낌을 주었다. 그늘에 앉아 있으니 땀이 좀 식었다.

왜 갑자기 이곳에 와서 망연히 앉아 있는지 알 수 없었지만 미호는 어쩐지 약간의 해방감이 들었다. 예정을 뒤엎고 엉뚱한 곳으로 새는 게 이런 느낌이었나. 50년 넘게 살면서도 잘 몰랐던 느낌. 아닌가. 고등학교 때는 그런 날도 좀 있었던가. 홍희와 은수, 기민과 함께라면 어디라도 겁없이 갈 수 있을 것 같았는데, 그 아이들은 고등학교에 가서나 만났고, 그때도 그런 적은 없었다. 딱 한 번 빼놓고는. 그 딱 한 번도 따지고 보면 일탈이랄 수도 없었다. 집에 말을 하지 않았다뿐이었고, 말한다 해도 누구 하나 귀담아들어줄 사람이 없었다. 아버지도, 엄마도, 언니 오빠도, 모두 바빴고, 미호는 존재감 없는 아이였으니까.

그 한 번의, 일탈이라면 일탈일 수도 있었던 그날의 기억이 떠오르자 미호의 입가에 빙그레 미소가 돌았다. 퀴퀴한 냄새가 나던 낡은 극장에서 보았던 리사이틀. 그땐 콘서트라고 하지 않고 리사이틀이라고 했지. 밴드라 하지 않고 그룹사운드라고 했던 것처럼. 생각만으로도 배 속 저 깊은 곳에서 뜨거운 것이 치밀어 올랐다. 악마에게 영혼을 판다 해도 돌아갈 수 없는 열일곱, 열여덟, 열아홉의 날들.

그 시절만큼은 미호에게도 아름다운 기억으로 갈무리되어 있었다. 삭막한 중학교 교정이 아니라 이젠 100년을 훌쩍 넘긴 역사를 가진 여고의, 이름도 모를 꽃들이 다투어 피어나던 아름다운 교정, 그리고 무엇보다도 그 친구들. 그들과 함께 열광했던 송골매. 모두 아련해졌지만, 미호는 그런 기억들이 연이어 떠올라주어 고마웠다. 누구에게, 무엇에 고마운지 상관없이 그저 고마운 마음이 눈에까지 차올라 넘쳤다. 미호는 눈물을 닦을 생각도 않고 벤치에 오래오래 앉아 있었다.

D-37 모텔 천국 솔로 지옥

수완이 시키는 일은 뭐든 다 했다. 주로 돈을 받아 오는 일이었고, 그보다 훨씬 치사한 일도 했다. 이를테면 모텔 주차장에 세워진 차와 그 차에 타는 사람들을 찍는 일. 멀리서 망원렌즈로 당겨 찍다가 들켜 시비가 붙은 적도 있었다. 들키면 바로 삭제해줬다. 그 대가를 따로 챙겨 받은 적도 있었고. 치사하지. 수완도 치사한 짓을 했다. 재우가 찍어다준 사진을 갖고 푼돈을 뜯어냈다.

몇 번을 말해? 그거 하나 제대로 못 찍어 오냐? 야, 이 새꺄. 너도 눈이 있으면 봐봐. 여기 쓸 만한 게 하나라도 있나.

저러다 카메라 집어 던지는 건 아니겠지? 수완이 성질을 부리는 동안 재우의 걱정은 그거 하나뿐이다.

차는 찍었다? 사람도 찍었고.

왜 전번을 안 찍어! 전번 없으면 아무짝에도 못 쓴다고. 너는 찍고 나는 건다. 이렇게 손발이 안 맞아서야. 젠장.

수완이 사진을 획획 넘기면서 계속 화를 냈다.

이건 다 뭐냐. 너 요새도 새 찍으러 다니냐? 너 이러다 진짜 새 되는 수가 있다? 어?

재우도 나름대로 할 말은 있었다. 모텔에 들어간 인간들이 안 나온다. 두 시간을 기다렸는데도 안 나온다. 얼쩡거리는 것도 기술적으로 해야 하는데 그게 쉬운 줄 아나, 이 몸에? 재우는 목까지 치밀어 오르는 말을 꾹 눌러 내렸다. 나오라는 인간들은 안 나오고 새는 졸라 많은데 그럼 안 찍냐? 새 찍는 것도 기술이다? 카메라 들이대면 그것들도 날아가버린다고, 같은 말들.

새 사진과 동영상을 옮겨놨어야 하는 건데 그걸 안 해서 결국 닦일 대로 닦인 거였다. 그런데 그걸 제꺽 옮겨놓을 수가 있나, 나 고재우가? 그렇게 부지런한 인간 같았으면 이러고 살겠냐.

재우는 카메라를 받아 들고 다시 나섰다. 전화번호, 차 번호판, 아파트 스티커나 학교 스티커가 붙었으면 더 좋고. 오늘은 어디로 가나. 모텔 밀집 지역 안 가본 데가 없을 지경인데도 갈 곳은 아직 많았다. 대한민국 모텔은 불황이 없고, 모텔 없는 곳도 없다. 저녁 시간 되기 전에 단대목을 노리는 거다.

모텔에 드는 사람들은 두 부류로 나뉜다. 밥 먹으러 나오는 사람, 밥 먹고 술 먹고 들어가는 사람. 지금 가면 밥 먹으러 나오는 사람을 건질 수 있다. 방 안에서 시켜 먹는 인간들은 됐다 그래. 그래도 수완이 누님 영상은 못 봤다. 그걸 봤더라면 더 길길이 뛰었을 거다.

그날, 홍희는 혼자 절로 올라갔다. 재우는 주차장에 내려 뻐근한 어깨와 목을 몇 번 돌려주고 다시 차에 타 잠이 들었다. 멀리 바다가 내려다보였지만 별 감흥이 일지 않았다. 꽃 좋아하면 중년이고 풍경 좋아하면 노년이라던데. 새 좋아하는 건 그럼 뭐냐. 에라, 잠이나 자자. 이런 식이었던 거다.

홍희는 한 시간 남짓 만에 내려왔다. 눈이 빨개져 있었다. 뺨도 붉게 상기되어 있었는데 말은 없었다. 일이 틀어진 건가. 만나긴 만난 건가. 궁금했지만 물어보지는 못했다. 물어봐도 말해줄 것 같지 않았고. 국도를 달리는 동안 홍희는 한숨을 쉬며 계속 눈물을 닦아냈다. 후드득 흐느끼기도 했다.

비는 본격적으로 쏟아지지, 옆에 탄 사람은 흐느끼지, 재우는 난감하기도 하고 당황스럽기도 해서 국도 변의 식당에 차를 세웠다.

밥이나 먹고 가요.

홍희는 훌쩍이면서도 군말 없이 내렸다. 그러고는 술부터 시키더니 밥을 안주 삼아 소주를 마시기 시작했다. 말릴 일도 아니어서 내버려두었는데 술병이 비고 또 한 병을 시키자 올라갈 일이 슬슬 걱정이었다. 홍희는 재우의 걱정에도 아랑곳 않고 술을 마시더니 인생 별거 없다고, 술이나 한잔하라고 부추겼고 재우도 될 대로 되라지, 하는 심정으로 마셨던 것이다. 나중에는 아예 서울행을 포기한 채 술도 마시고 하루 묵어 가려고 모텔방을 잡은 거고.

문제는 그다음 날이었다. 어떻게든 점심시간에 맞춰 도착해야 한다고, 아무리 늦어도 점심 설거지는 해야 한다고 걱정하는 홍희 때문에 재우는 무리하게 액셀을 밟았다. 국도를 빠져나갈 때까지 홍희와 재우는 왼쪽이면 왼쪽, 오른쪽이면 오른쪽, 한 방향으로 사이좋게 몸이 기울었다.

근데 어제 웬 송골매 노래만 그렇게 불렀대요? 가사도 다 알고, 모르는 노래가 없데?

다른 건 아는 것도 별로 없고. 그 친구.

친구?

그 친구가 송골매였거든.

뭔 말이래.

그때가 젤 행복했던 것 같아. 그 친구 이름이 은수야. 김은수.

친구 만나러 갔던 거였어요? 만나긴 만났나보네. 그러니까 울면서 내려온 거 아녜요?

홍희는 띄엄띄엄 말을 이었다. 학창 시절에 넷이 함께 송골매에 열광했던 일, 사진을 사 모으고 노래를 외우고 삼류 극장에서 한 리사이틀에 같이 갔던 일.

리사이틀?

콘서트. 그땐 그렇게 불렀어.

리사이틀은 유곽이 늘어선 동네의 동시 상영관에서 열렸다. 네 친구는 떨리는 마음으로 극장에 갔다. 단독 공연이 아닌 건 포스터에서 이미 봤지만 그럼에도 네 사람은 너무나 안타까웠다. 극장에서는 담배 냄새가 섞인 퀴퀴한 냄새가 났고, 의자 등받이는 딱딱했다. 엉덩이 아래 비닐은 찢어져 허벅지가 계속 찔렸다. 무엇보다 공연을 보러 온 사람들의 행색에 넷은 아연해졌다. 네 사람을 포함한 극히 일부를 제외하곤 죄다 아줌마, 아저씨 들이었는데 송골매와는 너무나도 동떨어진 느낌이었다. 아니나 다를까, 공연의 대부분은 트로트 곡과 헐벗은 무희들의 춤과 사회자의 음담패설로 채워졌다. 화장실에 가서 나눠 바른 빨간 립글로스가 아까울 지경이었다. 홍희와 은수와 기민과 미호는 티브이에서만 보던 그들의 공연을 직접 보고 듣는다는 벅찬 감격 외에도 아쉬움, 미안함, 죄책감 등으로 얼굴만 발갛게 달아오른 채 의자 깊숙이 몸을 묻고 아무 말도 하지 않았다.

훌쩍이다 웃다 하면서 홍희가 옛이야기를 이어가는 동안 재우는 잠자코 듣기만 한 끝에 말했다.

와, 진짜 옛날얘기네. 누님 진짜 옛날 사람이구나. 송골매는 나도 알아요. 요즘 리메이크 많이 하던데. 옛날에 엄청났었다면서요?

재우의 말에 홍희의 얼굴이 활짝 펴졌다.

노래 좋지? 응? 정말 끝내줬었다니까!

그런데 어제는 왜 금방 내려왔어요? 만났다면서요.

암이래. 기운이 하나도 없고. 재결합 콘서트 같이 가자는 말은 꺼내지도 못했어.

홍희가 다시 울먹거렸다. 재우는 아무 말도 하지 않았다. 대신 화라도 난 듯 속도를 더 높였다. 내려갈 때와는 달리 길은 수월하여 경기도 이정표가 금방 나왔다. 이 속도라면 점심 전에는 못 가도 설거지는 할 수 있겠지.

독수리네.

재우의 혼잣말에 홍희가 먼 하늘을 더듬었다.

어휴, 저거 찍어야 되는데. 차 세울 데는 없고 카메라도 트렁크에 있고.

사진을 찍어? 카메라로?

뭐, 사진도 찍고, 영상도 찍고. 그냥 재미로요. 새만.

새만? 왜 새만?

물론 거짓말이었다. 새만 찍는 게 소망이었을 뿐이다. 사람들은 소망을 실제인 것처럼 말한다. 그렇게 시작된 거짓말이 자꾸 불어나는 거고. 그래도 모텔이나 찍으러 다닌다고 말하고 싶지는 않았다.

몰라요. 그냥 그렇게 됐어요. 새가 자꾸 눈에 들어와서. 근데 저거 송골맨가……

재우는 사실 송골매를 본 적이 없다. 그저 해본 말이었다.

실은 정말 독수리를 본 것도 아니었다. 고속도로에서는 앞만 봐야 한다. 한가롭게 하늘이나 올려다보다간 사고 나기 딱 좋지. 왠지 마음이 답답해져서 괜히 해본 소리였다.

서울이 가까워졌다. 속도가 조금 떨어지긴 했지만 시간은 그다지 나쁘지 않았다. 재우는 입을 꾹 다물고 전방을 노려보며 액셀을 밟다가 갑자기 우측 차선으로 빠졌다. 나들목으로 빠진 차는 어지러울 정도로 빠르게 빙글빙글 돌아서 다시 고속도로를 탔다. 하행선이었다.

가요, 다시.

뭐? 어딜?

송골매는요, 포기하지 않거든. 독수리가 다 그렇지. 왜 그러고 와요? 암이라면서! 어떻게 될지 모르는 거 아녜요? 잘은 모르겠지만 거기까지 가서 요양하고 있으면 마지막일지도 모르는 거잖아요. 그렇게 좋았던 친구라면서. 그런 친구 아무나 있는 거 아니거든요. 나는 없거든.

재우는 뭐라 설명할 수 없는 감정이 울컥 치밀어 올라 말이 많아졌다. 목소리도 점점 커졌고.

그래도. 어제도 휴가 냈잖아. 무단결근은 안 돼. 그런 적은 없어. 나 없으면 설거지는 누가 하고.

알아서 다 해요. 안 잘려요. 누님 자르면 사장이 손해겠네.

재우는 어깨를 움찔움찔하고는 단호하게 말했다.

눈이나 좀 붙여요. 끙끙거리지는 말고. 운전하는 데 방해돼요.

재우는 말없이 운전에만 집중했다. 그러면서 자신의 고교 시절을 짚어보았다. 앞으로 20년이 지난 후에 보고 싶어질 친구가 있을까. 기억나는 대로 한 명 한 명 떠올려보았지만 만나면 패주고 싶은 놈들뿐이었다. 왜 그랬을까. 왜 쉽게 무시당하고, 쉽게 주눅들고, 그래서 미워하고, 피하기만 했을까. 얼굴의 반을 차지하는 모반 때문이었을까. 그 때문에 놀림당하고 골방에 처박히고, 자꾸 먹기만 해서 식탐이 늘고 살이 찌고, 뚱뚱해서 더 놀림당하고. 그 고리를 끊어줄 무언가가 왜 없었을까. 왜 자신의 의지를 시험해볼 생각도 안 했을까. 그런 자신을 있는 그대로 받아줄 따뜻하고 맹목적인 친구 한 명이 없었을까. 재우는 억울했다. 그리고 화가 났다.

눈을 감고 머리를 기댄 홍희를 봤다. 고단해 보이는 얼굴, 멋부리지 않은 옷차림에 거친 손등. 그래도 어젯밤 술에 취해 노래를 부를 때는 생기가 넘쳤다. 다 늙은 아줌마가 부럽다고 느낄 줄이야. 무엇보다 보고 싶어서 수십 년 만에 친구를 찾아나선 그 마음이 재우는 놀랍고 부러웠다. 그래, 부러운 거였다. 씨팔, 나는 왜 그런 친구도 하나 못 만들었을까. 내가 만들면 되는 거였는데. 액셀을 밟은 발에 힘이 들어갔다.

재우는 그날 생각에 빠져 곱씹느라 어디로 갈지 좀처럼 정하지 못했다. 모텔이 없어서가 아니라 너무 많아서. 대한민국은 모텔 천국 술로 지옥이지, 젠장.

D-34 하루는 길고 세월은 빨라서

소파에 누운 엄마의 몸에 무릎 담요를 덮어주었다. 엄마는 착한 아기처럼 잠잠했다. 당신이 더운 건 참아도 딸이 더워하는 건 못 참아서인지 미호가 오고 나서는 엄마도 별말 없이 에어컨을 켜두고 지냈다. 혼자 있게 되면 다시 에어컨을 끄고 폭염을 견디며 시간을 보낼 게 뻔했다. 엄마 집에 머문 지 일주일째였다.

결혼한 후 엄마와 이렇게 오래 같이 지낸 건 처음이었다. 아니, 첫애를 낳았을 때 이후로 처음이었다. 그때는 엄마가 미호의 집에 와서 일주일 머물렀다. 엄마는 미리 꾸며놓은 아이 방에서 갓난쟁이를 데리고 잤다. 혼자 편히 주무시라고 매일 말해도 산모는 잠을 편히 자야 한다며 고집을 부렸다. 아닌 게 아니라 미호는 밤낮으로 잠이 쏟아졌다. 난산이어서 가진 기운을 모조리 쏟은 터라 엄마가 아니었다면 아이를 제대로 돌보지 못했을 것이다. 산후조리원이 지금처럼 활성화되지 않았을 때였고, 남편 밥은 어쩌고 혼자 편하자고 그런 데를 가느냐고 원망을 듣던 시대였다.

일주일 후 엄마는 몇 번이나 뒤를 돌아보며 떠났다. 오빠가 운영하던 식당 때문이었다. 오빠는 매일 미호의 집으로 전화해서 안부를 물었다. 명색은 안부 전화였지만 엄마가 언제 내려오는지, 이제 그만 내려오면 안 되는지 간을 보는 거였고, 하루하루 지날수록 내려오라는 무언의 압박이 강해졌다. 엄마가 필요한 게 아니라 임금을 주지 않아도 되는 노동력이 필요한 것이었음을 모르는 사람은 없었다. 미호도 무임금의 노동력이 필요했지만 오빠와 다른 점이 있었다면 오빠는 오로지 노동력이, 미호는 노동력과 엄마가, 다시 말해 엄마의 보살핌이 필요한 거였다. 하지만 보살핌은 생업 앞에서 아무것도 아니었다. 미호는 일주일 만에 아이를 데리고 다시 일상에 복귀했다. 젖몸살을 앓으면서 아이를 씻기고 밥을 하고 기저귀를 빨고 청소를 했다.

충동적으로 내려온 길이라 당일 저녁에는 올라가려고 마음먹었다가 막상 엄마를 보니 그렇게 되지 않았다. 아니다. 올라가고 싶은 마음이 사라진 건 학교의 벤치에서부터였다. 어쩌면 그것도 아니고, 역 앞의 버스정류장에서부터였는지도 모른다. 신기루를 향해 걸을 때부터 미호의 머릿속에 현재의 시간은 사라지고 없었다. 그저 하염없었다. 뭔지 모를 모든 것들이 자신에게서 먼 곳에 존재하는 듯했다. 명확하지 않은 감각들이 멍하게 미호를 사로잡았는데 그 느낌에서 벗어나고 싶지 않아 어둑해질 때까지 벤치에 머물렀다. 오래 울었고, 지친 상태로 벤치에 누워 있다가 택시를 불렀다.

도어락을 해제하고 들어가자 바깥 더위와는 비교도 되지 않는 열기가 덮쳐왔다. 엄마는 거실 소파에 누워 있었다. 쿠션을 베고 무릎을 조금 구부린 채 모로 누운 엄마의 몸은 크지 않은 소파의 반밖에 채우지 못했다. 기계음과 인기척이 전혀 들리지도 느껴지지도 않았는지 엄마는 움직이지 않았다.

엄마? 엄마!

미호가 다급하게 엄마를 부르며 거실에 올라섰다. 엄마가 움찔하면서 돌아누웠다. 겁이 덜컥 났다. 전 같으면 문을 열기도 전에 누고? 하면서 현관 쪽으로 쫓아 나왔을 엄마인데.

소파 빈자리에 조용히 앉았다. 엄마의 자그마한 발 두 개가 나란히 겹쳐져 있었다. 여름인데도 뒤꿈치에 각질이 허옇게 일어나 있었고 각질은 짙은 회색 소파에 밀가루처럼 흩어져 있었다. 미호는 손바닥으로 각질을 쓸어 모아 손에 쥐었다. 부피감이 하나도 없었다. 아무것도 없는 빈주먹을 쥔 것만 같았다. 언젠가는 엄마도 이렇게 가루로 남게 되고 종내는 완전하게 사라져버릴 거라는 불경한 생각이 들어 고개를 세차게 저으며 발꿈치를 양 손바닥으로 감쌌다.

어이쿠⋯⋯

엄마가 비명과 신음이 섞인 소리를 내며 발을 끌어당겼다.

엄마?

엄마가 몸을 일으켰다. 엄마로서는 그것이 최대한의 속도였겠지만 동작은 그다지 빠르지 않았다.

이기 누고? 미호 아이가? 니가 우짠 일이고?

어쩐 일은. 엄마 보러 왔지.

전화도 안 하고? 무슨 일 있나?

일은 무슨 일. 일 없을 때는 오면 안 돼?

엄마는 반가우면서도 불안한 기색으로 탐색하듯 미호의 얼굴과, 옷차림, 가방 크기 등을 살폈다. 일 없을 때는 오면 안 되냐, 라는 반문은 엄마를 불안하게 만드는 말이었다. 한 번도 그런 적이 없었으니까. 명절에는 아예 오지 못했고, 엄마의 생일이나 어버이날을 제외하곤, 엄마가 다쳤을 때, 엄마가 아플 때 말고는 온 적이 없었으니까. 왜 그랬을까. 아이들이 어리고 학생이었을 때는 그렇다 쳐도 그 후에는 왜 그랬을까. 그런 걸 관성이라고 부르는 걸까.

의문에 대한 답은 친절하게도 그날 밤늦게 남편이 가르쳐주었다. 어디야? 엄마 집. 무슨 일이야? 그냥 왔어. 그냥 왜? 엄마 보고 싶어서. 애냐? 언제 와? 봐서. 밥은? 알아서 좀 먹어. 국도 있고 햇반도 있잖아. 장모니임, 우리 장모님 좀 바꿔봐.

주무셔. 남편은 제법 취해 있었고, 너무 늦은 시각이라 숨죽여 통화하곤 얼른 끊었다. 멀쩡한 정신이라면 우리 장모님이라고 하지도 않았을 테고 내일 당장 오라는 말부터 했을 거였다. 미호는 남편의 일상적인 음주를 달가워하지 않았지만 이런 식으로 가끔 도움이 될 때도 있었다. 비위를 맞춰주면 목돈을 턱 던져주기도 했고.

미호가 가장 우선해서 돌봐야 할 사람은 남편인 것이었다. 배우자이고, 아이들의 아빠일 뿐 아니라, 미호가 쓰고 누리는 모든 재화가 남편에게서 나온다. 그중 일부가 엄마에게로 흘러가는 거고. 그 돈이 엄마를 돌보아왔다. 편안한 아파트의 주거 비용과 관리비, 식비, 용돈까지 엄마에게 들어가는 대부분의 비용은 미호가 감당했다. 그러니 엄마를 돌보려면 남편부터 돌봐야 이치에 맞았다. 그런데, 이제 사정이 좀 달라졌다. 엄마를 돌보려면 금전적 지원으로 충분한 게 아니라 현장에서의 물리적 지원이 필요한 상황이 되었다. 아직은 거동이 가능하고 정신도 멀쩡하다지만 엄마는 언제 무슨 탈이 나도 이상하지 않을 나이가 되었다.

다음 날 아침 미호는 밥을 하고 국을 끓이고 반찬을 해서 엄마의 식사를 준비했다. 엄마의 냉장고는 내용물의 유효기간을 알 수 없는 비닐봉지와 찬기로 가득 차 있었고 신선한 식재료나 과일은 보이지 않았다. 엄마가 그간 어떤 식생활을 했는지 냉장고만 봐도 너무 잘 알 수 있었다. 엄마의 냉장고 안에 쓸

만한 먹거리는 몇 종류의 김치밖에 없었다. 마이 차리지 마라, 안 묵는다, 다 묵지도 몬한다, 라고 엄마는 부지런히 참견을 했지만 미호는 더 부지런히 상을 보았다.

엄마가 앉은 자세로 집 안을 걸레질하는 장면을 카메라 앱으로 여러 번 보았었다. 막상 와서 보니 거실과 안방은 대체로 말끔했으나 수납장 안에 들어가 있어야 할 물건들이 손 닿는 곳에 너저분하게 나와 있었다. 장식장 위, 화장대 위처럼 바닥을 제외한 곳은 한눈에도 먼지가 많았다. 엄마 눈에는 잘 보이지 않았을 것이다.

밥을 먹고 나서 미호는 욕실 청소를 했다. 줄눈마다 곰팡이가 앉았는데 역시 엄마의 눈에는 안 보였던 걸까. 보였더라도 바닥 걸레질보다는 훨씬 힘든 일이어서였을까. 희석한 락스를 뿌리고 솔로 문지르는 동안 옛날 생각이 났다.

엄마는 오랫동안 시장에서 장사를 했다. 자정이 다 되어 집에 돌아와서는 다음 날 도시락을 몇 개씩 싸야 했으니 욕실 청소는 엄두도 내지 못했다. 세면대에 때가 덕지덕지 끼어 있어도 아무도 닦지 않아 미호가 가끔 수세미로 닦았다. 바닥의 줄눈은 한 번도 흰색이었던 적이 없었는데 그때의 미호는 그런 것까지는 잘 몰랐다. 원래 그런 색인 줄로만 알았다. 미호가 집 청소에 공을 들이는 이유 중 하나는 그런 내력을 들키고 싶지 않아서일지도 모른다. 욕실의 물기를 마른 수건으로 닦아내고 언제나 보송한 상태를 유지하는 일은 무척 귀찮고 힘들었지만 미호는 그렇게 했다. 그런 생활 방식 하나하나가 과거의 가난을 끊어내는 칼날이라고 생각했다.

한바탕 집 청소를 하고 나서는 미호도 엄마 옆에 드러누웠다. 묵은 때를 벗기는 일은 50대 후반을 향해 가는 미호에게도 쉬운 일이 아니었다. 미호도 이젠 쉽게 지쳤고, 어깨와 등이 결렸다. 미호는 엄마의 헐렁한 티셔츠와 속바지 차림으로 거실 바닥에 누웠다. 엄마는 젊은 트로트 가수들이 출연하는 프로를 보고 또 보았다. 한 곡이 끝날 때마다 발표되는 점수까지 엄마는 다 외우고 있었다. 미호는 아예 엄마가 누운 소파 쪽으로 몸을 틀고 누워 엄마만 올려다보았다. 다음 곡이 뭔지, 그 곡으로 몇 점을 받았는지 미호에게 미리 말해주면서 엄마는 즐거워했다. 우리 엄마, 참 외로웠구나. 미호는 생각했다. 엄마는 나보다 더 외로웠구나.

엄마, 나 오니까 좋지?

좋고말고.

나 가지 말까?

엄마가 티브이를 끄고 물끄러미 미호를 보았다. 미호가 리모컨을 들어 다시 티브이를 켰다.

엄마, 얘가 제일 좋다며. 왜 꺼. 계속 봐요.

그날 밤, 엄마는 소파에서 잠들었다. 미호는 잠든 엄마를 깨워 안방에 모셔놓고 베란다와 거실에서 오래 머뭇거렸다.

남편은 못마땅한 기색을 참고 참다가 사흘째가 되자 전화로 짜증을 냈다. 국도 오래됐고, 집도 허전하고, 옷도 잘 못 찾겠고, 따위의 말들을 늘어놓았다. 공연한 말들이었다. 집에서는 잠만 자는 사람이었고, 옷은 가지런히 정리가 되어 있어 못 찾을 일이 없었다. 날도 더운데 국은 좀 참아봐. 며칠만 더 있다가 갈게. 엄마가 생각보다 상태가 안 좋으서. 꼭 그런 건 아니었지만 미호는 그렇게 말했다. 말이 씨가 될까봐 좀 꺼림칙했지만 그 정도 핑계는 필요했다.

약속한 일주일은 너무 빨리 지나갔다. 엄마와 함께 지내는 하루는 아주 느리게 갔는데 일주일은 어쩌면 그렇게 빨리 지나갈 수 있는지 이상했다. 미호가 집에서 혼자 보내는 하루는 길고 세월은 빨랐던 것과 하나도 다를 게 없었다.

엄마는 미호가 오고 나서 많이 잤다. 처음엔 가야 되지 않느냐고 불안한 기색을 보였지만 하루이틀 지나면서는 엄마 곁에서 먹고 자고 노는 어린아이처럼 천연스럽게 즐거워했다. 이런 시간을 그동안 왜 한 번도 함께하지 못했을까, 미호는 후회가 되었고, 죄스러웠다. 잠든 엄마의 얼굴을 물끄러미 들여다보고 있는데 엄마가 눈을 끔뻑거리며 깼다.

엄마, 엄마 젊었을 때 참 고생 많았어, 그치?

그때는 다들 고생했다. 묵고살기 힘들 때였으이.

엄마가 일어나 앉으며 대답했다.

니도 고생했지. 어린 기 저어 저게 먼 동네까지 보따리 안고 심부름 댕기고, 학교 갔다 와서 내 밥도 갖다주고, 또 대목에는 가게도 같이 봐주고.

미호가 중고등학교 다닐 때 추석이나 설 아래 대목에는 늘 한복 바느질 심부름을 다니고 가게 한 귀퉁이에서 버선을 팔았다. 엄마가 하던 한복 가게에서는 아이들 한복과 어른들 버선, 속치마, 속바지 같은 것들을 팔았다. 문이 따로 없던 시장통의 가게라 겨울이면 엄마의 코끝은 늘 얼었고, 손끝은 갈라졌다. 엄마는 잠들기 전 코와 손에 바셀린을 바르고 검지에 기다란 고무 골무를 끼고 잠들었다.

그래도 재미났다. 너거들 안 아프고 착하게 학교 댕기고, 우리 집도 아파트로 장만하고. 다 대학도 보내고. 대학 안 갔으만 니도 주 서방 같은 신랑은 몬 만냈을 끼다. 이래 잘살지도 몬했을 끼고.

그러게. 엄마가 고생했지. 나도 그때가 좋았어. 저녁에 가게 보러 갈 때는 싫기도 했지만 그때 친구들과도 재미있게 지냈고.

그래, 니 친구들 지금도 생각난다. 홍희하고 은수하고 기민이. 은수가 공부를 그래 잘했제. 홍희는 왈가닥이고 기민이 가는 아아가 좀 속이 없었고. 그때 니 틈만 나만 테레비 앞에서 살았제. 내가 가게에 앉았어도 다아 알았다.

엄마, 어떻게 알았어?

그것도 모르만 엄마 안 해야지. 니 거 누고, 거 여럿이 나와서 하는 머스마들 있었자나. 머리 기다난 그 가수 좋아했제. 가가 쫌 추접게 생깄더라마는.

미호가 웃음을 터뜨렸다.

엄마, 송골매? 머리 긴 가수는 배철수, 엄마 별걸 다 기억하네.

몰라, 이름은 다 까묵었다.

엄마, 내가 뉴스에서 봤는데 가을에 재결합 콘서트 한대. 나이가 70이 다 됐는데 한다네. 멋지지?

아이고, 멋지다. 꼭 가거라. 혼차 가지 말고 그 친구들하고 같이 가지. 어지가이도 어불리 댕기디만.

그럴까, 엄마?

그래. 니만 가지 말고. 나도 요새 나오는 저 젊은 머스마들 쑈 쫌 보내도고. 저게 귀엽게 생깄는 자 봐라. 자가 대구 아아란다.

엄마가 오랜만에 활짝 웃었다. 트로트 가수 이찬원이었다. 엄마 집에 와서 벌써 같은 프로를 세 번 넘게 봤다. 엄마는 바로 손사래를 치며 말했다.

농담이데이, 내가 무신. 혼차 잘 댕기지도 몬하는데.

아니야, 엄마. 나랑 같이 가요. 언제 콘서트 할 때 내가 모시고 갈게.

아이다. 고마 내가 주책이제. 테레비가 편하다. 얼마나 좋노. 하루 종일 하는데.

엄마는 다시 티브이에 시선을 고정했다.

은수는 연락도 끊어졌고, 기민은 이제 와서 새삼스럽게. 그 계집애가 먼저 배신 때린 건데. 미호는 가끔 기민을 생각했었다. 미호 자신이 서클 내 커플이어서 불편한 일이 종종 있었던 걸 감안해보면 아무리 졸업 후부터였다고는 하나 열 살 차이 나는 수학 선생과 연애를 하고 집안의 반대를 무릅쓰고 결혼을 한 기민 입장에서는 그전까지의 인연을 싹 정리하고 싶었을 수도 있다. 현호와 사귈 때까지는 잘 몰랐는데 결혼은 달랐다. 친구들이 남편을 현호, 현호 막 부르는 게 거슬렸다. 학교 때 현호가 어땠다는 둥, 잘살면서 가난한 척했다는 둥 그런 이야기까지 농담이랍시고 하다가 부잣집 아들인 거 알고 나서 결혼한 거 아니냐고 짓궂게 나올 때는 대범하게 넘겨지지가 않았다. 그게 사실이 아니라면 웃고 넘길 수 있었을까. 꼭 그 때문에 결혼까지 한 건 아니었지만 전혀 아니라고는 할 수 없었기 때문에 미호는 현호에 대한 자신의 마음마저 부정당하는 것 같아서 야속했고 초라해졌다. 기민은 마음이 더 복잡하고 불편했을 것이다.

그나저나 홍희는 어떡할까. 먼저 연락해야 할까. 10년이나 전화 한번 없이 지냈는데. 미호는 마음이 무거워졌다. 홍희를 그렇게 대해서는 안 되는 거였다. 미호는 그 일을 잊으려 애썼지만 잘 되지 않았다. 잊으면 안 되는 일이기도 했다. 왜냐하면 상처를 준 쪽이 자기였으니까. 상처받은 쪽은 잊어도 준 쪽은 잊으면 안 되는 일 아닌가. 그땐 왜 그랬을까. 왜 엉뚱하게 홍희에게 잔인하게 굴었을까. 아무에게도 드러내지 못하고 감춰만 두었던 우울과 자격지심이 왜 죄 없는 홍희에게 튀었을까. 친구라서 그랬을까. 친구니까 그러면 안 되는 거였는데. 아무리 만만해도 그래서는 안 되는 거였다.

미호는 전화기를 열어 홍희의 전화번호를 찾았다. 화면을 한참 들여다보았다. 열한 개의 숫자. 그거면 충분한데. 손끝으로 한 번만 누르면 홍희와 연결되는데. 가슴이 울렁울렁해지나 싶더니 금세 번호가 부옇게 뭉개져 보였다.

D-31 노래는 필링이다?

엄마는 누구와 어딜 다녀온 걸까. 쉬는 날도 아니면서 웬 남
해안? 엄만 그런 사람이 아닌데? 연락도 없이 일터로 불쑥 찾
아간 자신이 잘못한 걸까. 마루는 마음이 복잡했다. 엄마는 내
가 어릴 때부터 일터에 불쑥 오는 것을 싫어했다. 식당이든 남
의 집이든 내가 거기까지 찾아간 것은 아빠 때문에 집에 들어
갈 수 없어서였으니까 가슴이 철렁했겠지. 그래도 그렇지, 이
젠 아빠도 멀리 가고 없는데. 나도 그럭저럭 앞가림은 하고 사
는데. 그래, 엄마에게도 사생활이 있는 거겠지. 그런데 엄마는
왜 다음 날도 출근을 하지 않았을까. 그런 일이 종종 있었던 걸
까. 마루는 정리되지 않는 생각을 며칠 내내 하고 또 했다.

마루는 이틀 동안 그 동네에 일을 하러 갔고, 간 김에 엄마
에게 들른 터였다. 나름대로는 서프라이즈였는데 놀란 쪽은

오히려 마루였다. 서프라이즈가 아니라 쇼크라고 해야겠지. 첫날 전화로 들은 엄마의 목소리는 어딘지 모르게 조금 달랐다. 세 키 정도 높았고 힘이 잔뜩 들어가 있었다. 엄마 목소리가 그렇게 높다는 건 기분이 그만큼 가라앉았다는 신호였다. 대체 무슨 일이었을까.

집이 가까워지자 된장찌개 냄새가 났다. 엄마 냄새다. 엄마는 항상 된장찌개와 김치찌개, 순두부찌개를 번갈아 큰 냄비에 끓여두고 일을 나갔다. 어린 마루가 혼자 밥을 차려 먹을 수 있도록. 마루는 찌개를 덜어 전자레인지에 데우고 계란 프라이를 하나 해서 밥을 먹곤 했다.

도어록에 손을 갖다 대려는 순간 문이 활짝 열렸다. 엄마는 늘 그랬다. 발소리가 들린다고 했다. 내려오는 발소리는 올라가는 소리와 다르다고. 내려오는 발소리가 하나뿐이겠느냐는 물음에 아들 발소리는 옆집 사람들 것과 다르다고 했다. 어떻게 다르냐고 물으면 그냥 다르다고 말했다. 그걸 모르면 엄마도 아니라고.

식탁 위 접시에 쌈 채소와 김치가 수북하게 담겨 있었다. 엄마는 프라이팬에 삼겹살을 굽고 있었다. 그런데 수저가 세 벌이었다. 마루는 순간 침이 말랐다. 혹시 남해안에 같이 갔던 사람인가? 엄마에게 애인이 생겼나? 이런 식으로 내게 소개하는 걸까? 아무런 사전 정보도 없이 현장에서 맞닥뜨리게? 이거야말로 서프라이즈가 아니라 쇼크 맞지? 엄마, 이런 건 폭력이라고! 때리는 것만 폭력이 아니라고! 마루는 그렇게 말하고 싶은 걸 억지로 참느라 자꾸 침을 모아 삼켰다.

누구 와?

마루는 하나 마나 한 질문을 했다.

어.

누구?

마루의 말투가 뭉툭해졌다. 그렇게 좋을까? 엄마 목소리가 사실적으로 하이 톤이었다.

다 왔대.

갑자기 계단이 쾅쾅 울렸다. 현관에 몸이 끼이는 거 아닐까 싶게 거대한 사내가 누님, 하고 부르며 들어섰다. 늙수그레한 중년 남성을 상상했던 마루는 자신과 몇 살 차이도 안 나 보이는 사내가 들어서자 황당한 한편 안심이 되었다. 사내는 양손에 비닐봉지를 들고 있었다. 그런데 뭐라고? 누님? 건방지게 누구 보고 지금 누님이래? 마루는 노골적으로 인상을 구겼다.

얘가 마루예요?

남의 이름을 막 불러젖혀도 되나? 마루는 허리에 양손을 걸치고 경계 태세를 갖췄다.

아들, 인사해. 고 대리. 아니 재우 형이라고 부르면 되겠다.

뭐? 형? 엄마 보고 누님이라며? 무슨 이런 개족보가 다······

그런가?

엄마는 재미있다는 듯 깔깔거렸다. 이렇게 밝게 웃는 걸 언제 봤는지 마루는 기억조차 아득했다. 엄마는 삼겹살을 굽고, 사내는 봉지에 든 술을 꺼내서 땄다. 비닐봉지에서 나온 술은 뜻밖에 와인이었다. 꼴에 와인은. 마루는 그것도 고깝다.

밴드 한다며?

왜 대뜸 반말인 건데? 그런데 엄마는 대체 이놈한테 어디까지 얘기한 거지? 어떻게 아는 사이기에? 마루는 이 상황이 죄다 이상하고 죄다 마음에 들지 않았다.

베이스라니까! 베이스가 제일 멋지지! 폼나잖아!

목소리가 어찌나 튀는지 엄마가 다른 사람 같았다.

해체됐어. 보컬이 배신 때렸거든.

보컬이 공석일 뿐 해체된 건 아니지만 불쑥 그런 말이 나왔다. 괜히 어깃장을 놓고 싶어서였다.

아니, 왜?

몰라! 트로트 할 거래. 그래야 돈 번다고.

그럼 보컬 자리 빈 거야? 마루 니가 하면 안 돼?

아, 안 되는 게 아니라 못 되는 거지.

노래는 필링이다, 너? 싫음 말고지만.

누가 몰라? 그래도 기본기라는 게 있다고. 아무나 불러서 될 거 같으면, 뭐, 아무나 보컬 하게. 밴드가 그렇게 만만한 줄 아시나?

말은 그렇게 해놓고 계속 뾰족하게 군 게 미안해서 엄마를 식탁에 앉히고 집게를 뺏어 들었다.

고 대리야, 많이 먹어. 많아.

마루는 이걸 구워서 저 새끼 입에 처넣는다고 생각하니 집게를 확 내던지고 싶다. 이게 뭐냐.

엄마, 조심해.

응? 뭘?

누군지도 모르는 저 새끼 조심하라고 말하고 싶은 걸 마루는 어마어마한 인내심으로 참았다.

뭐긴 뭐야. 코로나지. 식당이 젤 위험해.

걱정 마. 마스크 절대 안 벗어.

대수롭지 않게 대답한 엄마가 고 대리라는 새끼를 보며 말했다.

그래도 콘서트는 지장 없을 거야, 그치? 요새는 뭐 다 하더라구.

당근이죠.

아주 둘이 죽이 척척 맞았다. 무슨 콘서트? 둘은 알고 아들인 자기는 모르는 게 있다고 생각하니 열이 확 솟구쳤다. 집게로 찌를 듯 식탁 쪽으로 휙 돌아섰다.

추석 때거든. 송골매 재결합 콘서트 말이야.

웬 송골매? 웬 추석? 명절은 가족과 함께 보내는 날 아님? 마루는 점점 더 뾰족하게 반응한다.

가게?

그럼. UCC 공모전도 한대. 나 거기 낼 거다?

엄마가?

마루가 어이없다는 듯 묻자 엄마가 고 대리 새끼를 향해 배시시 웃었다. 뭐냐, 저 새끼!

그래서 말인데, 엄마가 부탁할 것도 있어.

뭔데?

엄마가 고 대리 새끼랑 눈짓을 교환하며 벙글벙글 웃었다. 와, 진짜 뭐냐, 저 새끼!

D-25 날아라, 독수리

재우는 카메라를 들고 무작정 돌아다니는 중이었다. 미친놈 처럼 동해안을 훑어 올랐다가 훑어 내리기를 사흘째 하고 있 는데 아직 아무것도 건지지 못했다. 몇 초 건져보자고 이러는 자신이 스스로도 이해되지 않았다. 이거 한다고 돈이 나오는 것도 아니고, 오히려 사흘 동안 한 달은 버틸 수 있는 돈을 써 버렸다. 기름값이며 밥값이며 모텔비며 알량하나마 모아두었 던 돈이 술술 빠져나갔다.

발견만 하면 끝내주는 영상을 건질 수 있을 텐데 독수리들 은 대체 어디 숨어 있는 걸까. 재우는 해변에 퍼질러 앉아 먼 수평선을 응시했다. 파도 소리 사이로 끼룩거리는 갈매기 소 리가 귀를 파고들었다. 독수리에 온통 마음이 꽂혀 있는 재우 에게는 그 소리가 시끄럽기만 했다. 다른 때 같았으면, 대박을

외치며 정신없이 파인더에 담았을 갈매기인데.

아무래도 독수리 영상이 들어가야 한다. 미련을 버릴 수가 없다. 그림 몇 초 건져보자고 이토록 집요하게 헤맨 적은 없었다. 상상도 해보지 않았던 일이다. 그런 건 프로나 하는 거지. 재우는 지난번 해남에서 찍은 영상을 돌려 보고 또 돌려 봤다. 그럴수록 독수리가 간절해졌다. 꼭 송골매는 아니더라도 말이다.

편집되지 않은 영상을 다시 돌려 본다. 칸살이 정갈한 창호지 문이 반쯤 열려 있고 말끔한 방 안에 머리 희끗한 두 여자가 말없이 손을 잡고 있다. 카메라가 빠지면 지붕 위로 웅장한 달마산이 내려다보고 있다. 두 여자는 웃다가 울다가 잠시 끌어안기도 한다. 홍희가 가방에서 주섬주섬 봉투를 꺼내 건넨다. 앙상한 손이 봉투에서 꺼낸 것은 사진 몇 장이다. 사진이 클로즈업된다. 사진이 한 장 한 장 흔들리며 넘어간다. 카메라가 다시 빠져 여자를 비추고 여자는 웃으면서 눈물을 흘린다.

부족했다. 이걸로는 스토리가 완성될 수 없다. 재우는 요즘 나름대로 이야기를 만들어보는 중이었다. 독수리 영상만 건지면 나머지는 다 생각이 있었다. 재우는 모래밭에 드러누워 버렸다. 동해안은 틀린 걸까. 역시 남해안을 가야 할까. 재우는 누운 채로 하고 또 했던 검색을 다시 시작했다. 독수리 생태, 독수리 서식지, 송골매 생태, 송골매 서식지…… 문득 재우의 눈동자가 커지나 싶더니 벌떡 일어나 앉았다. 입꼬리가 귀까지 올라갔다. 이거야! 새만금! 수라 갯벌!

D-22 먼 곳의 친구는 산 너머 친구는

설거지를 하다 말고 또 카톡을 보냈다. 손에 땀이 차서 장갑
이 잘 벗겨지지 않았다. 마음 같아선 확 찢어버리고 싶었지만
고무장갑이란 게 원래 손가락 끝 말고는 찢어지지 않는 물건
이다. 짜증이 머리끝까지 치솟았다. 큰소리 뻥뻥 칠 때는 언
제고 재우는 카톡도 씹었다. UCC 공모 마감이 며칠 남지 않
았건만.

누님, 이건 됩니다. 이야기가 되잖아, 이야기가! 40년 만에
같이 콘서트에 갈 거잖아? 이런 걸 안 뽑고 뭘 뽑겠어요? 게다
가 누님 친구 그분 암환자라며. 어머나, 세상에! 이건 바로 〈인
간극장〉 섭외 각이라고, 응?

집에 와서 삼겹살에, 와인에, 소주까지 잔뜩 먹고 마신 재우
는 자기만 믿으라고 혀 꼬부라진 소리를 했다. 믿어, 믿는다고.

지금 와서 재우 말고 달리 믿을 사람이 누가 있다고. 마루는 못 믿는 눈치였지만.

며칠만 기다려봐요. 아주 끝내주게 편집해서 보여줄 테니까.

그런 거 해봤어요? 잘해요?

마루가 덤비듯 따지고 물었다.

아니, 꼭 그런 건 아니지만…… 뭐든 처음이 있는 거지! 두고 보라고! 내가 이번에 아주 예술혼을 불사른다!

그래놓고 톡을 씹냐. 홍희는 점점 불안해졌다. 재우는 전화도 받지 않았다. 메시지 한 줄 달랑 남긴 후로 잠수를 탔다.

예술하는 중. 기다리세요!!!

느낌표가 무려 세 개였다.

믿을 만한 쪽은 오히려 마루였다. 마루는 툴툴거리면서도 해보긴 해보겠다고. 기타와 드럼이 하려고 할지 모르지만 자기가 어떻게든 만들어보겠다고 했다. 악보도 못 구할 곡을 열흘 만에 맞추라니 자기네가 무슨 대단한 프로인 줄 아냐고, 연습할 수 있는 날짜도 며칠 없다고 투덜거리면서도 계속 그 노래를 틀어놓고 술을 마셨다. 마루와 재우를 불러 고기를 구워 먹인 날 마루는 재우를 계속 경계하다가 술이 몇 잔 들어가고 그간의 사정 이야기를 듣고 나서는 의기투합해 형 동생 하기로 했다. 재우가 홍희를 누님이라 부르고 마루가 재우를 형이라 부르는 상황은 분명 코미디였지만 중요한 건 그런 게 아니니까.

장 실장은 전과 다름없이 일주일에 두세 번씩 와서 해장국을 먹고 간다. 별말은 없었다. 전과 똑같이 들어서면서 주문하고 내내 핸드폰 화면을 넘기며 밥을 먹고는 횡하니 사라졌다. 재우에게 들었는지, 만났다면서요? 잘됐네, 하고는 끝이었다. 그럴 땐 쿨내 진동하는 비즈니스맨 같기도 해서 재우와 친구라는 게 잘 믿어지지 않았다. 하긴 누가 보면 홍희가 은수와 친구인 것도, 미호와 친구인 것도 뜻밖이라고 여길 것이다. 대체 친구가 뭘까. 홍희는 그런 생각을 하루에도 몇 번씩 해보았지만 이거다, 싶게 명쾌한 답을 얻지 못했다. 그런데 꼭 답을 찾아야 하나. 그게 무슨 소용인가. 친구란 이런 것, 하고 틀을 정해놓고 그 안에 욱여넣어야 하는 건 아니지 않나. 그저 보고 싶고 생각나고 마음이 아픈 사람이 있고 거기에 몰두하게 된 것만으로도 홍희는 자신의 인생이 전보다 더 가치 있게 느껴졌다. 그동안 어떤 일이 있었건, 혹은 없었건, 무언가 달라진 게 사실이었다. 그게 뭔지 설거지를 할 때마다 곰곰이 생각해본다. 아무 생각 없이 몸만 움직이던 때와 달리 그런 시간이 나쁘지 않았다.

얼마 전 휴가에 이어 하루 결근한 것 때문에 요즘 들어 홍희는 최선 이상으로 일했다. 식당 일이란 게 손님이 많아도 눈치가 보이고 없어도 눈치가 보이는 법인데 무단결근까지 했으니 그저 입 꾹 다물고 평소보다 몸을 재게 놀릴밖에 만회할 방법이 없다. 이제는 확진자 수가 아무리 늘어도 식당 손님이 줄어

들지는 않을 것 같아 안심이 되기도 하고, 어쨌거나 힘든 시기
에 실직하지 않은 것만도 감사한 일이어서 홍희는 몸이 부서
져라 일했다. 평소에 지나치던 곳도 찾아내서 청소를 했고 주
방장한테도 고분고분 대했다.

　그러는 동안 마음은 자주 지옥으로 떨어졌다. 기운 없이 축
늘어진 은수가 자꾸 떠올랐다. 은수처럼 착하고 성실하고 똑
똑한 친구에게 하필 그런 일이. 그런 은수를 두고 동영상 따위
나 걱정하고 있는 자신이 한심하게 느껴지기도 했고, 그러면
서도 콘서트 생각이 떠나질 않았다. 친구라는 게. 아무리 오래
떨어져 있었다지만 친구가 그래도 되는 건가. 괴로워지면 노
래를 들었다. 걱정한다면서, 마음 아프다면서, 노래나 찾아 듣
고 있어도 되는 건가, 하면서도 들었다.

　우리는 언제나 즐겁게 웃음 짓지만
　먼곳에 친구는 무얼 생각 할까
　우리는 이렇게 즐겁게 노래하지만
　산넘어 친구는 무얼 하고 있을까 ●

● 활주로의 〈친구를 생각하며〉에서

D-18 보컬 출현하다

열흘을 목표로 잡고 맹연습을 했지만 2주가 지나도 연주는 아주 기가 막혔다. 채보도 어려웠던 데다 개인 연습 시간도 짧았고, 셋이 맞춰볼 시간도 부족했다. 진짜 프로들은 즉흥적으로 합주를 하기도 하던데 그거야 그 세계에서나 가능한 거다. 아마추어들이야 설정이고 연출이지. 아무튼 포포밴드는―포포라는 말을 떠올릴 때마다 배신 때린 보컬 때문에 마루는 가슴이 횅했다―이 곡을 처음부터 끝까지 한 번에 제대로 가본 적이 없다. 셋은 서로 질세라 돌아가면서 틀렸다. 드럼이 간만에 맞으면 기타가 틀리고, 어찌어찌 둘이 제대로 맞추면 베이스가 어긋났다. 한 곡만 패는데도 이러니 어디 가서 밴드라고 내세우기도 부끄럽다. 주제에 얼굴 두껍게 오디션까지 나갔던 걸 생각하면 미쳐도 제대로 미친 거지.

야, 보컬은 생각 좀 해봤냐?

리더인 기타가 전 같지 않게 마루를 채근했다.

왜? 내가 한다고 우길까봐 겁나냐?

너가 할 거면 차라리 내가 하고 말지.

드럼이 빈정거렸다.

야, 야, 너가 하느니 내가 해.

기타가 단칼에 잘랐다.

마루는 계속 휴대폰을 확인했다. 이러면 안 되는데, 오늘이 마지막 날인데. 자정까지 업로드하려면 지금쯤은 새끈하게 뽑아놔야 하는데. 이 형은 왜 이렇게 굼뜨냐. 보컬은 걱정 말고 합만 맞춰놓으라더니, 설마 자기가 부른다고 설치는 건 아니겠지? 젠장, 그럼 형이고 뭐고 없다. 마루는 벌써 아까부터 초조했다. 독수리 찍으러 간다더니 아예 독수리 사냥을 갔나, 독수리를 기르나. 그나저나 우리는 왜 이렇게 안 맞냐.

이따 보컬 오기로 했다.

마루가 포커판에서 히든카드를 뒤집듯 말하자 바닥에 주저앉아 있던 녀석들이 벌떡 일어났다.

아, 뭐야! 왜 이제 말해!

왜 이제 말하긴. 안 올까봐 말 못 한 거지. 마루는 생각은 그렇게 하면서도 말로는 툴툴거렸다.

보컬 오면 뭐 하냐. 연주가 이따윈데.

누군데? 누가 오기로 했냐? 어떤 정신 나간 새끼가 우리랑

한대냐?

기타가 못 믿겠다는 듯 질문을 퍼부었다. 드럼은 멍하니 마루와 기타를 쳐다보다가 스틱을 쥐고 다시 앉으며 말했다.

야, 하자! 여기는 뭐 날이면 날마다 비어 있는 줄 아냐. 물 들어올 때 노 저어!

연습 공간은 드럼이 알바 하는 라이브 카페였다. 오픈 시간 전까지 몇 시간 사용할 수 있는 날이 주 3회 정도 있었는데 멤버들이 그 날짜를 다 맞춘다는 보장도 없었으므로 시간을 아껴 써야 했다. 공짜 연습 공간 있는 게 어디냐고 멤버들은 황송해했지만 막상 모이면 그다지 집중하지는 못했다. 일단 수다를 떨고, 집중하는 시늉을 좀 하다가는 딴짓들을 했다. 실력이 늘지 않는 데는 다 이유가 있다.

기타가 미심쩍은 얼굴로 피크를 잡았고 마루도 벨트를 어깨에 걸었다. 드럼이 먼저 나오고, 다음은 기타가, 그다음은 마루의 베이스가. 이번엔 전주가 제법 잘 맞는다 싶은 순간 문이 벌컥 열렸다. 세 사람의 눈이 동시에 문 쪽을 향했다. 들어서는 사람도 세 명.

계속해! 계속!

재우가 고함을 지르며 팔을 풍차처럼 휘저었다. 다시 드럼이, 기타가, 마루가 연주를 시작했다. 아줌마 둘이, 아니, 엄마랑 어떤 아줌마가 갑자기 끼어들었다. 재우 형 말로는 분명히 친구라고 했는데 이 아줌마는 아주 고급진 아줌마네. 엄마에게 이런 친구가 있었나? 옷은 우아하고, 굽 높은 구두에, 피부는 새하얗고, 머리는 반짝반짝 윤이 났다.

어어, 그런데 저 아줌마 도대체 정체가 뭐냐. 진짜 엄마 친구 맞아? 왕년에 가수였던 거 아니야? 기절할 정도로 박자, 음정이 딱딱 맞는다. 게다가 엄마 말마따나 필링, 그래, 필링이 있다! 그보다 더 놀라운 사실은 어떻게 유명하지도 않은 이 노래를 완벽하게 다 외우고 있냐는 거다. 엄마까지! 이 노래 연습하자고 들이밀었을 때 기타와 드럼이 듣도 보도 못한 노래를 어떻게 아냐고 놀라지 않았던가. 엄마 추천이라고는 차마 말 못 했지만. 그런데 재우 형의 저 카메라는 어째 무지 비싸 보인다. 저 형이 저런 걸 다루다니. 새 찍으러 간다고 했을 때 허세 작렬이라고 빈정거렸던 게 미안해진다.

마루는 손으로는 연주하랴, 머리로는 생각하랴, 눈으로는 갑자기 출현한 엄마와 아줌마를 스캔하랴, 카메라 렌즈랑도 한 번씩 눈 맞추랴, 정신이 가출할 지경이었다.

보지 않아도 듣진 않아도
부는 바람이 전하네
눈에 보이듯 손에 잡히듯 작은 새들이 얘기하네
우리는 언제나 다정히 얘기 하지만
잊혀진 친구는 무얼 하고 있을까
무얼 하고 있을까
무얼 하고 있을까 ●

● 활주로의 〈친구를 생각하며〉에서

노래는 한 군데도 틀리지 않았고 연주가 노래를 못 따라갔다. 처음엔 어리둥절하게 시작했지만 끝날 때쯤 해서는 흥이 오를 대로 올랐다. 드디어 노래가 끝나고 후주까지 끝나자 누구랄 것 없이 환호성을 질렀다. 재우 형만 빼고. 형은 다리를 떡 벌리고 서서 부동의 자세로 촬영을 계속했다.

홍희는 미호를 껴안고 팔짝팔짝 뛰었다. 미호는 그런 홍희를 떼놓으려 애쓰다 실패하고 결국 구둣발로 뛰는 시늉을 했다. 구두 굽이 바닥을 찍는 소리가 울렸다.

니가 이렇게 잘 부를 줄 몰랐다, 야!

홍희가 흥분을 가라앉히지 못하고 같은 말을 몇 번이고 반복하자 웃기만 하던 미호가 한마디했다.

그땐 노래방이 없었잖아.

야, 없어서 얼마나 다행이었니. 사진 사대기에도 벅찼는데 코인노래방이라도 있었어봐. 우린 떡볶이 구경도 못 했어.

홍희의 말에 미호가 반달 같은 눈을 하고 웃었다. 눈가에 물기가 어렸다.

떡볶이 먹으러 갈까? 내가 쏠게.

미호가 마루 일행과 재우를 보며 말했다.

야! 오늘은 내가 쏜다! 너 돈 많은 거 내가 알지만 오늘은 나한테 양보해.

홍희의 말투에 가시가 돋칠 듯 말 듯 했다. 미호가 홍희의 두 손을 잡았다.

내가 잘못했다고. 10년 벌셨으면 좀 넘어가자. 내가 정말. 돈 주고 욕먹고 이게 뭐야. 그놈의 돈. 맨날 돈이 문제다, 응?

너는 있어서 문제, 나는 없어서 문제. 니 마음 알면서 내가 속이 좁았지, 뭐.

아니야, 내가 생각이 짧았지. 그래도 전화는 내가 먼저 했다?

야, 내가 딱 하려고 전화기 드는데 니가 한 거야. 진짜야.

그래그래, 믿어줄게. 이제 그 얘기는 끝!

두 사람의 눈이 반짝반짝 빛난 건 꼭 눈물 때문만은 아니었다. 포포밴드가 악기를 정리하고 막 나가려는 순간 재우가 침울하게 말했다.

누님, 나는 떡볶이 안 먹어.

순간 분위기가 싸해졌다.

라면이랑 순대 시켜줘.

D-15 세상이 뭐 이래

기민이 가출했다. 결혼 생활 32년, 세 번째 가출이었다. 상욱은 이번만큼은 절대 물러서지 않겠다고 굳은 결심을 한 상태였다. 도대체 이런 일로 가출을 한다는 게 말이 되나? 나이가 몇인데 가출 카드를 던지나! 내가 평생을 껌뻑 죽는 척해줬지만 이젠 아니다. 나도 이렇게 죽어지낼 수는 없다. 상욱은 전에 없이 불끈했다. 솔직히 상욱이 기민에게 일방적으로 죽어지낸 것은 아니지만 이번 일에는 갑자기 비장해지면서 그동안 애써 해왔던 양보와 배려, 화합 같은 것들이 모조리 일방적인 억압으로 느껴졌다.

깜찍한 기민은—나이든 기민도 상욱에게는 어쩔 수 없이 깜찍한 기민일 수밖에 없는데—차도 갖고 가버렸다. 나가려면 몸만 나갈 일이지, 운전도 잘 못하면서 차까지 갖고 나가 상욱의 발을 묶어버렸다. 그뿐이 아니었다. 냉장고에 들어 있던 국과 반찬이 하나도 남아 있지 않았다. 모조리 털어 가져간 거다. 다른 건 몰라도 그건 너무했다. 밥을 안 해주는 건 그렇다 쳐도 반찬까지 털어 갈 건 뭐람. 그래도 반찬을 가져갔다는 건 예전처럼 별 다섯 개 호텔에서 룸서비스를 시키지는 않겠다는 뜻 같아서 약간 안도가 되었다. 연금 생활자에 대한 배려인가. 하긴 부부는 경제 공동체니까. 아닌가? 혹시 순전히 날 골탕 먹이려고 몽땅 다 버렸나? 기민은 그러고도 남지.

그런데 그렇게까지 하고 싶을까. 상욱은 아직도 어안이 벙벙했다. 이게 가출까지 할 일인지 여전히 이해가 되지 않았다. 그럼 1400만 원을 날리라는 말이냐고 상욱이 소리 질렀을 때 기민은 더 큰 소리로 몰아세웠다. 그때 바로 취소했어야지! 취소한댔잖아! 반말이었다. 부부로서 반드시 지키는 규칙 중 하나가 싸울 때는 존댓말로 하기였는데. 상욱이 아니라 기민이 반말로 소리 지른 건 결혼하고 처음 있는 일이었다. 그조차 알아차리지 못했다가 기민이 가출하고 나서 상황을 곰곰이 복기하다 알게 되었다. 그만큼 심각하다는 뜻이었다.

그럼에도 상욱은 도무지 납득이 되지 않았다. 지중해 크루즈는 결혼 30주년 기념으로 약속한 이벤트였고 그들 형편에 그만한 호화 여행은 한 번도 해본 적이 없었다. 방학 중 갔던 해외여행에서는 아이들을 데리고 알뜰하게 다녔고, 은퇴 후 둘이 다닌 여행도 소박한 여정이었다. 다니기야 많이 다녔다지만 경비는 언제나 빠듯하게 책정했다. 기념품 하나를 살 때도 환율을 따져보면서 꼭 사야 하나 한 번 더 고민했던 그들이었다. 더구나 코로나 때문에 미루고 미룬 여행이 아닌가.

그런데 1400만 원을 날리더라도 콘서트를 가야겠다고? 이게 지금 싸움의 핵심이었다. 기민이 가출까지 감행한 것은 절대 물러서지 않겠다는 선전포고였다. 기민의 포인트는 취소한다고 해놓고 왜 미적거리고 있었느냐, 시일이 촉박해져서 크게 손해를 보게 될 때까지 일부러 기다린 거 아니냐, 그래서 내가 지레 포기하기를 노린 거 아니냐, 어떻게 내 40년 소원을 그렇게 무참하게 짓밟을 수가 있느냐였다. 기민이 마지막으로 한 말은 이랬다. 당신은 크루즈 가! 나는 콘서트 갈게!

그나저나 기민은 어디로 갔을까. 아이들 집에 갔을 것 같지도 않고 혼자 사는 친구도 없는데. 기민은 속상한 일이 생길 때마다 자매가 있었더라면 얼마나 큰 의지가 되었을까 안타까워하면서 오빠와 남동생은 있으나 마나라고 고개를 저었던 터라 그들에게 갔을 리는 없었다.

차를 갖고 나갔다 이거지. 평소에 운전도 잘 안 하는 사람이 차를 몰고 어디로 갔을까. 갈 만한 곳을 하나하나 짚어보고 싶었으나 전혀 감이 잡히지 않았다. 기민이 혼자 갈 만한 곳, 갈 수 있는 곳, 가고 싶어 했던 곳 들을 꼽아보고 싶었지만 딱히 떠오르는 데가 없었다. 나이 차가 그렇게 많이 나는데도 금슬이 유난하다고 주변에서 추어올렸지만 막상 이런 일이 닥치자 상욱은 일상적인 모습에 가려진 기민의 내면 깊은 곳은 제대로 아는 게 없다는 자각이 들었다. 32년. 결혼 생활 32년이라는 게 그런 세월인가. 성실하게 가정을 꾸리고 아이들을 키우고 부모들을 봉양하고 살아온 세월에서 정작 기민은, 기민만은 후순위로 밀려나 있었던 것인가. 갑자기 가슴 한쪽이 찌르르했다. 앞으로 두 사람이 함께할 시간은 얼마나 남아 있을까. 살아온 세월만큼 더 사는 일은 운이 아주 좋아야 가능할 것이다.

자신도 모르게 눈가가 촉촉해진 찰나, 상욱은 세차게 머리를 흔들었다. 그건 나중 일이고, 지금은 이럴 때가 아니다. 이번만큼은 물러서지 않겠다고 전의를 다졌다. 그런데 어떻게? 기다리는 수밖에 다른 방법이 없는데 어떻게? 상욱이 할 수 있는 일은 기껏해야 먼저 연락하지 않는 건데 과연 버틸 수 있을까? 얼마나 버틸 수 있을까? 상욱은 아까 쌀을 찾는 데도 한참 걸리지 않았나. 게다가 전기밥솥 사용법을 몰라서 결국 냄비에 밥을 했다. 밥은 아래는 탔고 위는 설었다. 가운데만 조심조심 퍼서 먹는데 탄내가 물씬 났다. 철 수세미로 냄비 바닥을 문지르다 빠르게 포기하고 내다 버리는 길에 햇반을 잔뜩 사 왔다.

기민은 밥이었나. 상욱은 자신이 한남 꼰대 가부장은 아니라고 생각해왔지만, 실은 그런 생각조차 해보지 않았지만, 설거지 말고 자신이 할 줄 아는 집안일은 거의 없다는 사실을 인

정해야 했다. 그러니까 요즘 유행하는 말로 한남아재. 이러다 한남할배 되는 건 순식간이겠지. 하지만 다음 순간 고개를 드는 생각은 그래도 자신이 평생 가족을 부양한 가장이 아닌가 하는 거였다. 평생 먹여 살렸고, 자신의 연금으로 지금도 먹고 살고 있으니 이 정도는 누릴 권리가 있지 않나. 그게 공정한 거 아닌가. 요즘 애들 공정 좋아한다던데 이거야말로 공정한 거지. 그러니까 이번 일은 기민이 너무한 거다. 크루즈고 콘서트고 따져볼 것도 없이 자신이 번 돈으로 가는 거 아닌가 말이다. 상욱은 맹수가 으르렁거리듯 낮게 읊조렸다.

야, 이기민 너 정말 이러기야!

그래놓고 상욱은 또다시 회의한다. 나, 혹시 이빨 빠진 호랑이 신세인가? 아니지, 내게는 연금이란 이빨이 있잖아. 아니지, 연금도 이혼하면 분할하는 거라던데. 상욱은 이맛살을 찌푸리며 짜증을 있는 대로 냈다.

에잇, 세상이 뭐 이래!

D-12 좀 빼고 죽여줄게

떡볶이집이 멀지도 않은데 재우는 헉헉거렸다. 그날은 처음 봤을 때보다 몸집이 더 불은 것도 같았는데 그런 말을 섣불리 할 수는 없었다. 미호와 포포밴드 아이들은 처음 본 재우의 거대한 덩치를 계속 의식했고, 홍희는 그 분위기를 의식했다. 워낙 흥분한 상태이기도 했지만 그 일에 신경이 쓰여 떡볶이가 어디로 들어가는지도 모를 지경이었다. 다만 재우가 눈 깜짝할 사이에 라면과 순대를 해치우는 장면은 제대로 목격했다. 그야말로 순식간이었다. 그날 이후 홍희 머릿속에는 자꾸만 무대 위에서 심근경색으로 쓰러졌던 가수가 맴돌았다. 그 가수는 결국 세상을 떠났지. 재우의 덩치가 그보다 더 크면 컸지 작지 않았다.

며칠을 계속 걱정만 하다가 결국 재우에게 연락했다.

UCC 보냈어?

보낸 지 100만 년.

잘 들어갔겠지?

당근이죠.

좀 나와.

어딜요? 왜요?

나와보면 알아.

버스 정류장에서 만난 재우는 침울한 얼굴로 말했다.

누님, 나는 싫어.

아주 단호한 거절이었다.

빡세게는 말고. 나도 힘들어. 내가 늙어서 운동을 좀 해야겠
는데 같이 할 사람 있으면 게으름 안 피우고 열심히 할 거 아
냐. 같이 좀 해.

헬스 가서 해요.

돈이 얼만데 그래.

그럼 한강 가서 걷든가.

혼자면 자꾸 꾀부리고 안 간다니까. 말로만 누님, 누님 하지
말고 누님 좀 보살펴줘봐.

마루랑 해요. 아들 냅두고 왜 나한테 그래.

빡세게는 말고 살살 하자. 나도 힘들어. 마루는 일 나갔지.
너도 도배하고 이삿짐 나르든가. 그럼 살도 빠질 거고.

재우가 눈을 가늘게 뜨고 홍희를 째렸다.

그니까 지금 누님 운동이 목적이 아니라 나 살 빼라고 그러는 거지? 냅둬요. 싫어.

산은 말고 평지만 걷자. 응? 평지만.

평지라는 말에 재우는 살짝 흔들린 것 같았다.

평지 쌔고 쌨지. 한강 변도 있고 청계천도 있고. 멀리 가기 싫으면 여기서부터 한 두어 정거장만 걷자. 너 그러다가 성인병 오고 그러면 장가도 못 가.

재우가 피시식 웃었다.

누님 노인네야? 웬 장가?

홍희가 확 낚아챘다.

말만 들어도 좋으냐?

재우 얼굴이 발그레해진 것 같기도 했다. 기회를 놓치지 않고 홍희가 재우의 팔을 붙잡고 걷기 시작했다.

누님, 헉헉, 쉬었다, 헉헉, 가, 헉헉.

한 정거장도 못 가서 재우가 숨을 몰아쉬었다. 재우의 티셔츠는 그새 앞판까지 젖어 있었다. 하늘은 가을이었지만 대기는 아직 여름이었다. 홍희는 부채를 건넸다. 갱년기 시작 후로 집을 나설 때는 부채부터 챙기는 습관이 생겼다. 재우한테 부채 하나 사줄까. 아니, 목에 거는 휴대용 선풍기를 사줘야겠다. 참, 마루도 일하느라 더울 텐데 마루 것도 하나 사야겠다. 이런 생각이 어떻게 이제야 났을까. 하나밖에 없는 아들을 왜 이렇게 소홀하게 대했을까. 홍희는 자신이 먹고사느라 바쁘고 지쳐 타인은 물론, 자식한테마저 인색한 인간이 된 것 같아 씁쓸해졌다. 하지만 어쩔 거야. 지난 일은 지난 일이고 이제부턴 그렇게 살지 말아야지. 홍희는 과거를 털어내듯 두 팔을 빙빙 돌려 큰 원을 그렸다. 그 동작만으로도 어깨가 시원했다. 마음도 좀 가벼워졌다. 바로 장난기가 발동했다.

뜨거운 거 한잔 마시고 갈까?

홍희가 약 올리자 재우가 낚였다.

헉, 얼죽아, 헉, 라니까. 몰라요? 이 날씨에, 헉헉.

재우는 근처 벤치까지 기다시피 가서 드러누웠다. 출렁이던 배와 가슴이 양옆으로 넘쳐흐른다. 홍희는 편의점에서 아이스 아메리카노를 사 들고 왔다. 재우가 누운 채로 빨대를 물었다.

내가 죽으면 다 누님 때문이야.

10킬로만 빼자. 그러면 내가 중매 서줄게.

재우가 커피를 내뿜었다.

10킬로? 와, 씨, 진짜 사람 죽이겠네.

재우가 낄낄거리면서 말했다.

중매가 뭐야? 무슨 조선시대도 아니고. 내가 살만 빼면 그래도 아이돌급 미모라고.

홍희는 말이라도 그렇게 너스레를 떠는 재우가 대견했다. 재우가 일어나 앉더니 코를 찡긋거리며 엄지와 검지로 V자를 만들어 턱 밑에 갖다 댔다. 이번엔 홍희가 커피를 뿜었다. 사레가 들려 캑캑거리다 간신히 진정을 하고 보니 재우의 표정이

싸늘했다.

아니, 나는 그게 아니라……

홍희가 눈치를 살피며 시도하는 변명을 재우가 툭 잘랐다.

누님! 그 친구분 어떡하고 있을까? 같이 가고 싶댔잖아요, 콘서트.

그렇잖아도 홍희는 문득문득 은수 생각에 마음이 무거웠다. 잠시 잊고 있다가도 바로 은수가 떠올랐는데 예쁘던 예전 모습이 아니라 절에서 본 앙상한 모습이어서 은수 생각만 하면 눈물이 났다. 재우의 갑작스런 말에 또 눈이 젖어와서 홍희는 벌떡 일어났다. 재우의 팔을 잡고 줄다리기하듯 뒤로 뻗댔다.

빨리 일어나. 아직 시작도 못 했어.

아, 진짜! 그냥 날 죽여요!

야, 칼도 안 들어가. 좀 빼고 죽여줄게.

홍희가 킥킥거리자 재우도 덩달아 킥킥대다가 별수없이 일어났다.

음악 들으면서 갈까?

왜요? 박자 맞춰서 빨리 걷자고? 됐어요. 꼭 듣고 싶으면 느린 걸로.

홍희가 핸드폰을 열어 검색을 했다. 광고는 더 이상 뜨지 않는다. 마루가 인도인가 외국 어디를 우회해서 결제한다더니 헐값에 해결해줬다.

홍희는 재우의 등을 떠밀며 걸었다.

빰빰 빠바바바밤빰빰

나는 사랑찾아 떠나는 한마리 새가 되리 •

우씨, 누님, 진짜 이러기야?

재우가 뒤돌아보았다. 홍희는 대답 없이 노래를 따라 부르다 박자에 맞춰 뛰기 시작했다.

새가 되어 날으리 높이높이 날아서

내님이 계시는 그곳으로 가리라 •

재우가 체념한 듯 홍희의 뒤를 따라 반은 걷고 반은 뛰었다. 육중한 몸이 땅을 쿵쿵 울리는 게 마치 인간 드럼 같았다.

• 송골매의 〈새가 되어 날으리〉에서

D-9 먹고 싶은 건 오늘 다 먹자

진료일이 수술 일정보다 늦게 잡혀 애태우던 교연은 매일 아침 병원으로 전화를 했다. 취소된 스케줄이 있으면 대신 넣어달라고. 수술을 며칠 앞두고 드디어 자리가 났다. 행운이 아니라 정성이었다. 그 결과 두 사람은 진료실 의자에 앉아 눈을 끔뻑거리고 있었다.

암이 아니라고요?

은수와 교연은 믿기 어렵다는 듯 의사에게 물었다.

아닙니다.

그럼 뭔가요? 벌써 수술 스케줄까지 잡았는데요?

오진이죠.

두 사람은 여전히 어리둥절했다.

의사는 자신 있게 말했다.

암은 아니라고 오진하는 경우가 압도적으로 많지만 가끔 아닌데 암이라고 오진하는 경우도 있어요. 많진 않지만 생각보다는 흔한 일입니다. 어떤 통계에는 10퍼센트가 넘는다고 나와요. 환자분은 암, 아닙니다.

상상도 못 했던 말이라 은수는 현실이 아닌 것 같았다. 의사의 말이 웅웅 울리면서 진료실 안을 날아다녔다. 너무 실감이 안 나 의사의 말 한마디 한마디가 마치 다른 우주에서 타전되는 암호 같았다. 이건 기쁜 일인가. 암이 아니라면 기뻐해야 할 일이 맞는 것 같은데 혹시 암보다 더 나쁜 거면 어떡하지, 하는 새로운 불안에 은수는 정신이 아뜩했다. 교연은 벌써 울먹거리기 시작했다. 교연 역시 자신의 감정이 기쁨인지, 암담함인지조차 파악되지 않는 혼란에 휩싸인 듯했다.

조직 검사를 못 했다고 하셨죠? 혈관과 너무 근접해서 그런 경우가 있습니다만.

거기까지 말한 의사가 두 사람의 얼굴을 찬찬히 살피며 희미하게 웃었다. 은수는 그 표정을 놓치지 않았다. 무슨 일일까. 사형선고를 내리는 사람의 표정이 저렇다면 저 의사는 엽기, 호러에다 스펙터클한 인성 장애가 있는 인간, 아니 괴물이겠지. 긴장되는 가운데 의사가 말을 이었다.

이게, 참, 희귀한 케이스인데요.

실낱같은 희망이 툭, 하고 끊어졌다. 그렇다면 암보다 무서운 희귀병이란 소리인가. 암은 완치율도 높아졌고, 예전 같은 의료비 폭탄도 사라졌다는데 희귀병이라면 생존율이 얼마나 될까. 교연이 은수의 손을 더듬어 두 손으로 꼭 쥐었다. 은수도 손에 힘을 주었다. 두 사람의 운명은 이제 의사의 다음 말에 달려 있었다.

기생충입니다.

네에?

은수와 교연이 동시에 똑같이 반응했다.

이게 국내에는 아직 잘 알려지지 않은 건데요. 이유 없이 살이 자꾸 빠졌다고 하셨죠? 그게 언제부텁니까? 그 전에 혹시 동남아 가시지 않았어요?

은수가 곰곰이 기억을 더듬는 사이 교연이 소리 질렀다.

엄마! 엄마 갔다 왔잖아! 유럽 가기 전에 잠깐 갔었잖아! 왜, 시간 너무 빠듯해서 잠도 비행기에서 잤다고 했었잖아!

은수는 오랫동안 해외 출장을 자주 다녔다. 국내에 반, 해외에 반이면 괜찮은 편이었고, 유럽이나 북미도 사나흘 만에 다녀오곤 했다. 팬데믹으로 한동안 출장이 뜸하다가 다시 늘기 시작했는데 연초에 다녀온 동남아 출장은 거의 꿈을 꾸듯 정신없었다. 갱년기 증상으로 땀을 뻘뻘 흘리면서 불면에 시달리던 즈음이어서 시간에 쫓겨 비행기에서 자야 되는 스케줄도 그다지 더 괴로울 게 없었던 일정이었다.

으응. 그랬지. 네, 선생님. 그랬어요.

의사가 회심의 미소를 지었다.

그래서 대변 검사와 내시경을 했던 겁니다. 결과가 그래요.

의사는 기생충의 이름을 알려줬다. 기억하기 어려운 긴 이름이었다. 교연이 먼저 얼굴을 활짝 펴면서 은수를 봤다. 은수는 교연의 밝아진 얼굴을 대하면서도 얼떨떨했다. 짧은 순간에도 기생충이 암보다는 낫겠지, 라는 생각이 스쳐 지나갔으나 곧이어 얼마 전 심한 두통을 호소하던 환자의 뇌에서 기생충이 발견되었다는 뉴스를 본 기억이 떠올랐다. 안심하기에는 일렀다. 은수는 마른침을 억지로 삼키고 의사의 말을 기다렸다.

약 드시면 됩니다. 구충제 드시고. 아이구, 이거 너무 마르셨어요. 그것들이 다 뺏어 먹었으니 뭐. 잘 드세요. 그러면 됩니다. 따님이 좀 잘 챙겨드리세요.

의사는 말을 맺으면서 모니터로 시선을 옮겼다. 두 사람은 도무지 현실 같지가 않아서 앉은 자세 그대로 나란히 화석이 되었다. 간호사가 다가와 진료실 밖으로 두 사람을 안내했다.

처방전 받아 가시고요. 다음 진료 날짜는요.

간호사는 가벼운 목소리로 몇 초 만에 안내를 끝냈다. 진료 날짜와 진료 전 검사 같은 주요 항목에 빨간 색연필로 동그라미를 치고 여백에 유의 사항을 큰 글씨로 적어주었다. 둘은 여전히 얼떨떨한 상태로, 그러나 눈물을 펑펑 흘리면서 고맙다고 인사했다. 대기실 의자에 앉아 있던 환자들과 보호자들이 내용도 모르고 딱한 눈으로 그 광경을 쳐다봤다.

엄마, 먹고 싶은 거 없어? 오늘 다 먹자, 응?

교연이 눈물이 그렁그렁한 눈으로 웃음을 짓자, 대기실 사람들 중 몇은 눈시울을 붉혔다.

그래, 그러자. 뭐든 너 먹고 싶은 거 먹으러 가.

둘은 젖은 눈빛들을 뒤통수로 느끼며 엘리베이터로 향했다. 가는 각목 같은 다리였지만 은수의 걸음은 사뿐했다. 진료실로 들어갈 때까지는 교연의 팔에 의지해 발을 질질 끌었는데 말이다.

엘리베이터 앞에서 교연이 말했다.

엄마, 첫사랑 만나러 가자.

뭐?

그동안 말 안 했는데 이젠 말해도 되겠어. 난 엄마가 못 갈 줄 알고.

교연의 눈에서 다시 눈물이 뚝뚝 떨어졌다.

힘들면 휠체어 타고 가도 된대. 내가 다 알아봤어.

교연은 손등으로 눈물을 쓱 훔치며 활짝 웃었다. 은수가 교연의 등을 토닥거렸다.

그래, 가야지. 엄마 첫사랑 만나러 가자.

문이 열린 엘리베이터에 들어서며 둘은 손을 꼭 잡은 채 눈물을 닦았다. 먼저 타고 있던 사람들이 두 사람과 눈이 마주치자 시선을 피해주었다. 큰 병원에서는 흔한 일이었다.

D-6 나 잡아봐아아라

기민의 행방을 알고 있는 사람은 의외의 인물이었다. 아들도 아니었고, 딸도 아니었다. 아들의 여자친구였다. 결혼 날을 받아둔 상태이니 예비 며느리라고 해야 할까. 한편으론 아직 완전한 가족도 아닌 아이에게만 비밀리에 행방을 알려주다니 어떻게 그럴 수가 있는지 상욱은 도무지 이해가 되지 않았지만 열흘째 바깥을 떠도는 기민의 행방을 살짝 귀띔해준 그 아이에게 고마워는 해야겠지. 기민은 주도면밀하게도 카드를 전혀 쓰지 않았다. 평생 상욱의 카드를 갖고 다니며 썼을 뿐 아니라, 상욱의 통장은 기민의 것이었으므로 현금을 쓰기에도 불편할 일은 없었으나 오래전 가출 때는 일부러 카드만 썼던 것이다. 그만 무릎 꿇고 데리러 오라는 신호였지.

이번에는 상욱도 호락호락 물러서지 않으리라 예상했던지

기민은 현금을 뭉텅이로 찾아 현금만 쓰는 듯했다. 하루하루 지날수록 상욱은 그게 점점 더 무서워졌다. 흔적이 남지 않았으니까. 요즘 젊은 엄마들이 아이들 위치 파악하려고 쓴다는 앱이라도 깔아둘 걸 그랬나 싶기도 했다. 세상은 험하고 기민은 그런 세상을 별로 겪어보지 못했다. 그건 평생 학교 안에만 있었던 상욱도 마찬가지였다. 처음엔 분노했다가, 그다음엔 오기로 버텼으나 한번 불안에 휩싸이기 시작하자 걷잡을 수가 없었다.

일주일을 넘기고는 실종 신고라도 해야 하나 고민하다가 아이들에게 의견을 물었다. 그러자 예비 며느리가 실토한 것이었다. 아예 숙소까지 자신이 다 잡아주었다고 털어놓았다. 물론 상욱의 걱정을 덜어주려고 알려준 것이었는데 그 일로 오히려 아들은 그 아이와 크게 싸웠다. 진중해서 마음에 들었다고 하더니 입이 무거워도 너무 무거웠던 거다. 상욱은 상욱대로 창피했다. 그렇잖아도 결혼 앞둔 애들은 수시로 싸운다던데 예비 시부모가 돼서 시어머니는 가출하고 시아버지 혼자 끙끙 앓는 꼴을 적나라하게 들키게 될 줄이야. 창피한 건 창피한 거고 기가 막히기도 했다. 시어머니랑 벌써부터 한통속이 되어 둘이 꿍꿍이수작을 부리다니. 이걸 괘씸하다 해야 할지 환상의 고부간이라고 반겨야 할지 상욱은 머릿속이 복잡해졌다.

전주행 열차를 타고 가는 동안 화가 솟구쳤다가, 가라앉았다가, 울적했다가, 약간 들떴다. 그리고 그 다양한 감정들의 무한 루프에 빠진 듯 상욱의 심사는 가눌 길 없는 묘한 상태였다. 가는 길이라고 알리면 행여 다른 데로 옮길까봐 연락해보고 싶은 걸 꾹 참고, 예비 며느리가 알려준 한옥 스테이로 가는 길이었다.

기민은 없었다. 예상 못 한 일은 아니었다. 차까지 가져갔는데 종일 숙소에만 틀어박혀 있는 건 이상한 일이지. 하지만 어디로 갔는지, 언제쯤 돌아올 건지 전혀 모르는 상태로 기다리자니 짜증이 났다. 방문이 잠겨 있으니 들어가 쉴 수도 없었다. 상욱은 별수없이 한옥 마을을 배회하게 되었다.

처음은 아니었다. 오래전 아이들이 중학생이었을 때 온 적이 있었는데 그때와는 사뭇 풍경이 달라져 있었다. 더 화려해졌고, 더 상업적이 되었다. 9월이라곤 해도 날은 아직 더워서, 마을 곳곳에 얼음 채운 커피를 들고 빨대를 문 젊은이들이 돌아다녔다. 상욱도 그들처럼 아이스 아메리카노를 한 잔 사서 들고 다니기로 했다. 그렇게 하면 속사정을 들키지 않을 거고 누가 보더라도 한가한 관광객으로 보일 테니까. 사실 아무도 상욱에게 관심 따위 갖지 않겠지만 그저 혼자 마음에 그랬다. 빨대로 커피를 쭉 빨아올리자 이가 시큰했다. 이것 참, 버릴 수도 없고 낭패였다.

마을은 구석구석 인파에 점령당해 고즈넉한 맛이라곤 없었다. 요란한 한복이나 옛날 교복을 입은 청년들의 모습이 상욱의 눈길을 끌었다. 저걸 뭐 좋다고 입고 다니나. 그런 분위기에서 혼자 관광 아닌 관광을 하는 자신의 꼴이 우스웠다. 상욱은 혼자 식당에 가본 적도 없었고, 혼자 영화관에 가본 적도, 혼자 여행을 한 적도, 혼자 커피숍에 가본 적도 없었다. 외롭다기보다 타인의 시선이 신경 쓰여 불편할 것 같았고, 나이들면서는 어디서든 혼자 있으면 자꾸 주눅이 들었다. 기민이 곁에 있을 때는 느끼지 못한 기분이었다. 오기만 해봐라. 상욱은 단단히 별렀다.

한 바퀴 휘 돌고 나니 시간 보낼 곳이 마땅치 않았다. 혹시 몰라 기민의 숙소에 두 번 더 들렀고 나중에는 향교에 가서 은행나무를 하염없이 쳐다봤다. 바람이 불 때마다 푸른 잎이 몇 개씩 떨어졌다. 비명에 간 친구들의 부고를 받았을 때가 생각나 마음이 얄궂었다. 비빔밥으로 저녁을 먹고 나서 다시 숙소로 왔을 때는 숙소의 창호지 문이 모과 빛으로 환했다.

상욱은 쑥스럽기도 하고 열없기도 해서 방문 앞 툇마루에 걸터앉았다. 안에서는 별다른 기척이 없었다. 기차를 타고 오면서, 또 혼자 한옥 마을을 배회하면서 대충 떠올려본 말들이 갑자기 다 사라져버려 머리가 텅 빈 듯했다. 무슨 말을 해야 할지 모르겠어서 헛기침을 몇 번 했다. 아무 반응이 없었다. 소리가 작았나? 설마. 창호지 문이 무슨 방음이 되려고. 다시 헛기침을 해봤지만 역시 반응이 없었다. 어떡할까. 문을 열어볼 수도 없고. 그랬다가는 기민의 화만 더 돋울까봐 상욱은 전전긍긍하며 일어나 마당을 서성였다. 오후부터 희미하게 걸려 있던 달이 그새 또렷해져 있었다. 달은 한가위 보름달을 향해 부지런히 배를 불리는 중이었다. 갑자기 만삭 때의 기민이 떠올라 상욱은 풋, 하고 웃었다. 그때 참 귀여웠지. 뒤뚱거리면서도 팔에 매달려 걸었던 어린 아내.

기민아, 이기민!

상욱은 마당에서 소리쳐 불렀다. 기민의 방이 아닌 옆방의 문이 덜컹 열렸다.

어, 왜 그 방에서?

놀란 상욱이 방 안을 은근히 살폈다. 한옥의 방은 반듯한 사각형에 이부자리와 티브이밖에 없어 살피고 말고 할 게 없었다.

바꿨어. 이 방이 더 싸대서.

그렇게 말한 기민이 쿡 웃었다. 가출은 했어도 돈은 아까웠다는 말이 자기 생각에도 우스웠던 것이다.

웬일이야? 1400도 통 크게 날려먹자는 사람이?

내가 1400 날리자고는 안 했지.

기민이 혀를 쏙 내밀었다.

날린 거나 똑같아.

자식 준 게 그렇게 아깝냐, 당신은? 그럼 그냥 날려? 신혼여행 우리가 보내주는 거라고 생각해. 우리 크루즈는 나중에 애들이 보내주겠지 뭐.

산책이나 가. 혼자 다녔더니 재미가 하나도 없어.

상욱이 기민의 손을 잡아끌었다.

사실은 나도 재미없었어. 왜 이렇게 늦게 왔어. 이러기야, 진짜?

달은 아직 이지러졌으나 제법 환했다. 작고 예쁜 가게들은 색색깔의 불을 밝혀놓았고, 거리는 깨끗했다. 교복 입은 중년들이 더러 눈에 띄었다.

우리도 저거 입을까?

상욱이 은근한 소리로 말하자 기민이 깔깔거렸다.

선생님, 저 교복 자율화 세대예요. 왜 이러세요.

기민이 상욱의 팔을 주먹으로 콩콩 쳤다. 상욱은 마음이 조금 급해졌다. 지난 두 번의 가출 때는 기민을 만나자마자 품에 안았는데 이번에는 산책이라니. 세월이 밉고, 나이가 서러웠지만 숙소에 돌아갈 생각을 하자 혼자 흠흠, 코웃음이 나왔다. 기민이 어림없다는 듯 상욱의 팔을 꼬집고는 달아났다.

나 잡아봐아아라! 나 이거 정말 해보고 싶었어!

기민이 깔깔 웃는 소리가 한옥 마을에 울려 퍼졌다.

상욱은 운동화 끈을 단단히 고쳐 묶었다. 달은 조금 더 높아졌고.

D-3 우리 엄마가 미쳤어요

마루가 삐졌다. 삐져도 단단히 삐졌다. 이유는 두 가지였는데, 하나는 공모전에 낸 영상에 제 얼굴이 제대로 안 나왔다는 거였고, 다른 하나는 콘서트 티켓을 왜 맘대로 먼저 샀느냐는 거였다.

그게 뭐. 내돈내산 몰라? 내 표는 내가 사면 되지.

내가 엄마 건 사주려고 했단 말이야. 뭘 그렇게 급하게 샀어!

홍희는 예매를 시작하자마자 바로 넉 장을 샀다. 홍희 형편에 넉 장이면 어마어마한 금액이었지만 평생 단 한 번일지도 모르는 기회를 날리게 될까봐 조마조마한 마음으로 질렀다. 아이돌 콘서트 티켓은 3초 만에 마감된다지 않나. 무시무시한 속도다. 아이돌도 아닌 터에 그럴 리는 없겠지만 그래도 세상

일은 모르는 거니까. 남들은 옷도 지르고 가방도 지른다는데 그런 건 제대로 질러본 적 없는 홍희가 티켓은 아무 생각 않고 확 질러버렸다. 그러지 않길 바랐지만 행여 티켓이 남게 되면 뭐 환불하든가 암표로 팔든가. 처음 생각은 그랬다. 그런데 미호도 진작 예매를 해두었단다. 그것도 넉 장을. 은수는…… 못 갈 것이다. 가자는 말도 못 꺼냈다. 은수도 같이 갈 수 있다면 얼마나 좋을까.

티켓은 총 여덟 장이 되었고, 홍희, 미호가 하나씩, 나머지 넉 장은 재우와 포포밴드에게 주기로 했다. 그래도 두 장이 남는다. 어쩐다? 그건 그렇고 마루 녀석은 좋으면 좋다고 할 것이지, 삐지긴.

엄마, 엄마가 솔직히 다른 가수들 공연은 안 갈 거잖아. 내가 나중에 돈 벌면 디너쇼 같은 데 보내주려고 했단 말이야.

언제? 보내줘. 디너쇼도 가보고 싶어.

에이, 지금은 말고. 엄마가 그런 데 갈 군번은 아니지.

야, 군번 타령은. 엄마가 군인이냐.

아무튼. 뭘 그렇게 잽싸. 그게 한 장에 돈이 얼만데. 모처럼 효도 좀 해보려고 했더니만.

야, 야, 그런 거 말고도 효도할 일 쌔고 쌨어. 너 연애해서 결혼하고 애 낳고 살면 그게 젤 큰 효도야. 나 꼭 할머니 만들어줘.

참 나, 왜 얘기가 그쪽으로 튀어?

홍희가 마루의 등을 투덕거리며 말했다.

마루야, 너 그 곡 연습해서 영상 찍어준 거 그게 지금 나한테는 최고의 효도야. 그런 거 해준 아들 또 있으면 나와보라 그래! 전 세계에서 너밖에 없을걸. 그거 티켓 값하곤 비교도 못하는 거야. 알지?

그건 뭐, 그렇다고 봐야지.

마루가 우쭐대며 웃었다.

근데 마루야.

홍희가 갑자기 목소리를 깔았다.

나 걱정이 있어.

어? 뭐?

있지, 나 뭐 입고 가니? 그런 데는 뭐 입고 가는 거야?

홍희 표정이 너무 심각해서 마루는 터지려는 웃음을 참느라 괜히 냉장고로 가서 문을 열었다.

엄마, 뭐 시원한 거 없어?

야, 너 말 돌리지 말고!

그냥 아무거나 입어. 아무거나 입어도 우리 엄마 예뻐.

저게 미쳤나.

안 미쳤거든. 지금 엄마가 좀 미쳤거든?

티 많이 나?

어, 많이 나.

마루가 킥, 하고 웃었다. 홍희도 웃었다.

우리는 언제나 즐겁게 웃음 짓지만 ●

마루가 에어 기타를 치며 노래를 시작했다. 홍희가 티브이 리모컨을 마이크 삼아 집어 들고 합세했다.

먼곳에 친구는 무얼 생각 할까 ●

무얼 생각 할까 무얼 생각 할까

둘은 한껏 열창하느라 홍희의 전화기가 길게 울리는 것도 몰랐다. 액정에 은수라고 떠 있었다.

● 활주로의 〈친구를 생각하며〉에서

D-day 한줄기 빛이 우리를 감싸고

거대한 돔을 향해 사람들이 모여들었다. 홍희는 그들의 표정을 하나하나 눈에 담았다. 대부분 중년 이상이었고, 한껏 들떠 보였다. 이 나이에 맛보는 설렘은 축복이라는 생각이 문득들었다. 모든 것이 처음이었다. 공연장이 있는 올림픽공원도처음, 고가의 입장권을 무려 넉 장이나 예매한 것도 처음, 찢청도 처음이었다. 무엇보다도 송골매 단독 콘서트 자체가 홍희에게는 처음이었다.

약속 시간은 콘서트 시작 한 시간 전이었다. 홍희는 그보다도 한 시간 일찍 공연장에 도착했다. 따로 만나서 오기보다는현장에서 만나고 싶었다. 소중한 것을 최후까지 아껴두는 느낌으로 선택한 방법이었다. 빗방울이 간간이 듣기 시작했다. 추석 연휴에 어울리지 않게 날은 아직 후텁지근했고 습해서 짜증이 날 만도 했건만 모여든 이들 누구도 찌푸리지 않았다. 여기 온 모두에게 송골매와 함께했던 빛나는 시간들이 관통해 갔으리라 상상하자 몸의 중심에서부터 서서히 열기가 일기 시작했다.

홍희는 공원 안을 천천히 걸으며 나무와 숲을, 건축물을 구경하면서 자신의 나이를 새삼스럽게 짚어보았다. 친구들과 어울려 경중거리던 그 시절 이후 참 오래도 살았다. 37년이면 긴 시간이었다. 일일이 떠올리기 버거운 일들을 지나왔고, 그건 홍희만은 아니었을 것이다.

아직 돔 가까이 가고 싶지 않아 멀찍이 떨어진 곳만을 걸었다. 멀리서도 돔 앞의 포토월이 보였다. 일찍 온 관객들이 앞다투어 사진을 찍었다. 불과 몇 분 만에 자연스럽게 생겨난 줄이 시시각각 길어지고 있었다. 더 길어지기 전에 혼자서라도 셀카를 찍을까 하다 그것도 아껴두기로 했다. 아무것도 혼자 해치우고 싶지 않았다. 기다렸다가 함께 마음의 준비를 하고, 사진도 함께 찍고, 입장도 함께 해야 마땅했다. 기민도. 기지배. 홍희는 그저께가 되어서야 연락해온 기민을 떠올리고 풋, 웃었다. 설마 나 빼고 갈 생각은 아니지? 꿈도 꾸지 마! 미호에게 미리 들은 후라 홍희는 여유롭게 받아쳤다. 야! 내가 벌써 네 장 질렀거든!

느린 속도로 돔 주변을 걸으며 속속 불어나는 사람들을 마주칠 때마다 오랜 친구를 해후하는 느낌이었다. 서로의 삶은 다를지라도 오늘 이곳에 모인 이들이라면 친구라 불러도 되지 않을까. 호젓한 감상에 젖어 먼 곳에 눈을 두고 걷는 홍희의 등을 누군가 툭 쳤다.

왜 이렇게 일찍 왔어!

미호였다.

그러는 너는!

안 오고 배길 수가 있어야지!

둘은 동시에 손을 잡았다. 기타를 둘러멘 청년들이 멀리서부터 다가왔다. 포포밴드였다. 드럼은 스틱을 손에 쥐고 있었고. 쭈뼛거리는 보컬까지 포포밴드 완전체였다.

트로트도 만만치 않더라고요. 그쪽은 전쟁터 같아요.

보컬이 두 손을 번갈아가면서 머리를 긁적거렸다.

야! 너, 밴드는 뭐다?

기타의 말에 보컬이 이등병처럼 소리쳤다.

의리!

우리도 70 될 때까지 하기로 했어.

마루가 씨익 웃으며 덧붙였다.

곧이어 재우가 합류했다. 재우는 덩치 덕분에 금세 눈에 띄었다. 공원 입구에서 돔 앞까지 뛰어온 재우의 등과 어깨에서 김이 무럭무럭 올랐다. 재우는 두 팔을 들어올려 인사하고는 그 자리에 주저앉았다. 새만금에서 오는 길이라 했다. 재우는 매주 수라 갯벌에 새를 찍으러 다니기 시작했다. 자본에 잠식

되는 환경 어쩌고 하면서 난생처음 의미 있는 일을 하게 되었다고, 이게 다 누님 덕분이라며 쑥스러워했다.

기민이 상욱과 함께 왔다. 홍희와 미호는 소녀처럼 활짝 웃으며 허리를 90도로 꺾어 절을 했다. 상욱은 어어, 오랜만이야, 하고 인사를 받으며 얼굴이 살짝 붉어졌다. 기민이 상욱의 옆구리를 쿡 찔렀다.

말이 짧아.

미호와 홍희가 팔을 내저으며 기민을 말렸다. 기민이 깔깔 웃었다. 기민이 다시 상욱의 팔을 잡고 조명봉 행상을 눈짓으로 가리켰다. 상욱은 어? 어, 하더니 가서 각기 색깔이 다른 조명봉 네 개를 사 왔다.

여덟 개 더.

상욱이 겸연쩍게 웃으며 다시 매대로 갔다. 야, 왜 그래. 하지 마. 미호와 홍희가 기민을 나무랐다.

복수야. 그때 상욱 샘이 우리 엄청 한심하게 여겼잖아.

기민이 재빨리 소곤거리자 홍희와 미호가 어우, 야, 하면서 기민의 팔을 때렸다. 셋은 동시에 깔깔거리기 시작했고, 조명봉 여덟 개를 안고 돌아온 상욱은 겸연쩍은지 허허거리고 웃었다.

그때 멀리서 천천히 두 사람이 걸어왔다. 은수와 교연이었다. 은수는 아직 꼬챙이처럼 말라 있으나 얼굴에서는 빛이 났다. 교연은 은수를 부축하다시피 팔짱을 끼고 있었다. 홍희,

미호, 기민이 눈물을 글썽거리며 은수를 안았다.

알지? 내가 안 오면 이 콘서트 무효야.

은수가 빨개진 눈으로 웃으며 말했다.

야, 너 기생충이 뭐야, 기생충이! 쫌! 어? 아유, 내가 진짜!
그때 내가 진짜!

홍희가 은수의 등을 쓸며 울었다 웃었다 했다. 미황사에서
의 기억은 생각만 해도 아찔했다.

모인 사람은 모두 열한 명이었다. 기타를 둘러멘 젊은이들
을 주변의 중년 남녀가 대견한 듯 부러운 듯 쳐다봤다. 홍희
는 어깨가 한 뼘은 올라가는 기분이었다. 홍희가 예매한 자리
에 친구들 넷이 앉기로 하고, 미호의 티켓은 포포밴드에게, 상
욱이 예매한 두 장 중 한 장은 교연에게 주었다. 상욱과 교연이
나란히 앉는 건 너무 어색할 것 같았지만 그렇다고 기민이 사
총사에서 빠질 수는 없는 노릇이었다. 교연이 예매한 티켓 두
장은 재우가 받았다.

한 명은 아직이야?

기민이 물었다.

왔대요.

재우가 가리킨 쪽에 장 실장, 그러니까 수완이 뛰어오고 있
었다. 생수가 든 비닐봉지를 들고.

아유, 다들 왜 이렇게 급하세요오. 자, 자, 이거 하나씩 받으
시고오.

수완이 넉살도 좋게 생수병 하나씩을 꺼내서 건넸다. 한 손에는 조명봉, 또 한 손에는 생수병을 높이 들고 열두 명의 전사가 출정하는 순간이었다.

네 친구가 나란히 앉은 곳은 2층이었다. 옆 구역에 상욱과 교연이 마치 부녀처럼 앉아 있었고, 1층에 포포밴드가 나란히, 재우와 수완은 2층 가운데에 보조 의자를 놓고 앉아 있었다. 교연이 은수를 위해 예매한 휠체어석이었다. 서로의 위치를 둘러보며 확인한 일행은 조명봉을 흔들어 보이고 사진을 찍어주었다. 군중 속에 섞여 점처럼 작게 나올지라도 그 시선과 그 각도의 의미를 흘려보낼 수는 없었다.

공연 시작 전이었지만 분위기는 이미 한껏 들떠 있었다. 현란한 조명이 무대와 객석을 훑으며 질주했고 관객들을 한때 잠 못 이루게 했을 올드 팝이 연이어 꽝꽝 울렸다.

닥터 닥터다!

홍희가 은수의 귀에 대고 소리쳤다. 미호와 기민도 동시에 은수 쪽으로 몸을 기울이며 환호성을 질렀다. 그러고는 곧바로 은수의 등을 토닥거리며 위로했다. 은수야, 어떡해. 봉환 오빠 안 나온대.

괜찮아! 괜찮아!

은수가 소리쳤다. 옆에 있는 친구들도 잘 알아먹지 못할 작은 소리였지만 거기에는 은수의 진심과, 무엇보다도 세월에서 얻은 체념과 지혜가 들어 있었다. 게다가 지옥에 한 발을 내디

덨다 거둬들인 안도와 기쁨과 행복까지, 갈래를 다 나눌 수 없을 만큼의 복잡한 감정이 그 짧은 대답에 집약되어 있었다.

빈자리가 속속 메꿔졌다. 관객들은 수시로 일어났다 다시 앉으며 셀카를 찍기도 하고 낯선 옆 사람과 서로 사진을 찍어주기도 했다. 쑥스러워하면서도 자랑으로 반짝이는 표정들을 교환하는 모습은 뭐랄까, 규모가 어마어마하게 큰 고등학교나 대학교의 수학여행이나 축제 현장 같았다. 홍희 일행도 엄청난 분량의 사진과 동영상을 찍었다. 남는 건 사진이야. 알지? 이런 말들을 주고받으면서.

드디어 약속된 시각이 되자 객석의 조명이 일제히 꺼졌다. 기대와 긴장이 감도는 낮은 탄성에 이어 무대 전면과 양쪽, 객석 중앙의 위쪽에 설치된 스크린에서 동시에 영상이 나오기 시작했다. 오프닝은 CG로 제작된 송골매의 장엄한 비상이었다. 날개를 한껏 펼친 채 날아오르는 송골매가 광활하고 웅장한 대자연으로 관객을 데려갔다. 숲과 계곡과 바다를 떨치고 창공을 날아오르게 만들었다. 현실에서 발목을 잡는 수다하고 번잡스런 일들은 이 순간 힘찬 날갯짓으로 남김없이 털어내라는 신호였다.

굳게 다문 부리와 이글이글한 눈동자, 억센 발톱과 깃털 하나마다 위엄이 서린 송골매와 함께 바람을 가르는 동안 홍희는 수십 년 맺히고 쌓인 어떤 서러움이 흩어져 사라지는 기적에 자신을 맡겼다.

눈부신 빛 속으로 날갯짓이 멀어져가고, 마침내 결코 잊을 수 없는 한 시절이 화면에 오롯이 재생되었다. 수십 년 전의 순간, 순간들이 가슴에 화인을 찍듯 뜨겁게 지나가고, 그때마다 환호성과 폭소와 탄성이 이어졌다. 나온다, 나온다! 갑자기 홍희가 흥분한, 그러나 한껏 숨죽인 목소리로 외쳤다. 이어지는 영상은 UCC 공모전을 통해 엄선한 화면이었다. 오래되어 빛바랜 수많은 사진과 송골매를 향한 애정 고백들이 이어지고 반짝, 포포밴드와 홍희와 미호가 등장했다. 그리고 은수도. 일분도 되지 않았지만 그것으로 충분했다.

저거 우리야! 우리예요! 포포밴드 만세!

홍희와 미호가 소리 지르자 주변의 관객들이 두 사람을 향해 고개를 돌리고는 엄지를 세우고 박수를 보냈다. 기민과 은수도 미호와 홍희를 얼싸안으며 탄성을 내질렀다. 아래층에서 포포밴드가 기타와 드럼 스틱과 조명봉을 흔들어댔다. 걸리적거리게 기타를 왜 메고 왔느냐는 말에 밴드는 폼이라던 포포밴드였다. 그래봤자 껄렁거리는 아마추어에 불과했지만 그럼 좀 어떤가. 그들의 젊음은 단연 시선을 모았다. 홍희는 마루가 오래오래 이 순간을 간직하며 기타를 놓지 않기를 기도했다. 기타가 마루의 인생에 한줄기 빛이 되어주기를.

한바탕 흥분과 열광으로 들끓던 공연장의 시간이 돌연 정지했다. 스크린이 암전되고 모든 조명이 꺼졌다. 관객들은 숨을 죽였다. 그리고 시작된, 침묵과 어둠을 찢는 기타 소리에 맞춰 조명이 한꺼번에 되살아났다. 어느새 무대 왼쪽에 긴 다리를 단단히 버티고 선 배철수 옆으로 무대 오른쪽에서 나온 구창모가 다가섰다. 38년 만의 재결합이었다. 귀에 익은 일렉 기타의 인트로는 무대와 객석의 경계를 무너뜨리고 수십 년의 세월을 지워버렸다. 두 뮤지션의 세월과 관객의 세월을, 그들 모두에게 내려앉았던 시간의 더께를 단숨에 날려버렸다.

어쩌다 마주친 그대 모습에

내 마음을 빼앗겨 버렸네

어쩌다 마주친 그대 두눈이 내 마음을 사로잡아 버렸네 ●

폭발하는 함성과 함께 일제히 일어선 관객들이 떼창을 시작했다.

그것은 노래였고, 기도였고, 축복이었으며, 그대로 그들 모두의 삶이었다.

● 송골매의 〈어쩌다 마주친 그대〉에서

2022년 9월 11일 오후, 나는 올림픽공원을 서성이고 있었다. 환한 공기를 뚫고 비가 듣기 시작했다. 내 손에는 우산 대신 지하철역 입구에서 산 노란 조명봉이 들려 있었다. 거대한 돔을 눈앞에 두고 나는 주변을 빙빙 돌았다. 몇 바퀴를 돌았을까. 돔 입구 가까이까지 갔다가 발을 돌려 멀어지고 또 가까이 다가서기를 반복했는데, 그때마다 불어나는 인파를 목격할 수 있었다. 빗방울이 굵어져 우산을 펼칠 수밖에 없는 순간이 왔을 때 나는 조명봉을 가방에 찔러 넣었다. 5천 원짜리 조악한 조명봉을 품었다는 이유로 가벼운 천가방이 보물 보따리라도 된 것 같았다. 설레었고 자랑스러웠다. 어깨가 으쓱거릴 지경이었다.

혼자였지만 혼자가 아니기도 했다. 그곳에 당도하는 이들 모두가 나였으니까. 착각이었을까. 그럴지도 모른다. 아무래도 그랬을 테지. 그렇더라도 좋았다. 우산을 잠시 내려놓고 포토 존에서 셀카를 찍었다. 사진 속에 40여 년 덕질의 역사가 박제되었다.

다음 날도 갔다. 그날은 좀 많이 울었다. 마스크가 눈물로 젖었다. 집에 돌아오는 길에 온몸이 아프기 시작했다. 밤새 앓았다. 내내 뛰면서 환호성을 지른 때문만은 아니었을 것이다. 그런 이유였다면 몇 년에 걸쳐 심해지던 이명이 그날 밤 사라졌을 리가 없다. 이 소설의 최종 버전을 쓰던 중이었고 9월 12일은 550매를 달성한 날이었다(그날까지 쓴 분량을 탁상달력에 기록해두는 습관이 있다).

초고를 쓴 건 2011년이었다. 그해 10월의 어느 밤, 우연히 보게 된 어느 토크쇼 때문이었다. 본방은 그 몇 년 전이었을 텐데 그때까지 수차례 방영이 된 듯했다.

저는 53년생입니다. 전쟁통에도 사랑이 있었습니다. 젊은이 여러분, 사랑하세요.

익숙한 목소리였다. 약간 쭈뼛거리는 듯하면서도 할 말은 다 하는, 냉소적인가 싶으면서도 따뜻한. 그 순간 내 첫 소설이 정해졌다. 그래, 이걸 쓰자. 좋아하고 잘 알고 재미있는 이야기. 송골매 재결합 콘서트!

그로부터 12년이 걸려 비로소 완성되었다. 단편이었다가, 중편이었다가, 도로 단편이었다가, 마지막에는 장편이 되었다. 버전에 따라 재결합 콘서트는 성사되었다가 되지 못했다가, 다시 개최되기로 했다가 취소되었다. 그리고 마침내 콘서트가 열렸다! 수없이 고쳐 쓰고 던져두었다가 다시 꺼내 매만지는 이야기가 지긋지긋하면서도 황홀했다. 좀 이상하지만 그렇게밖에 설명할 도리가 없다.

작가의 말을 근사하게 쓰고 싶었는데 잘 안 된다. 글보다 앞서는 어떤 마음 때문이다. 그 마음을 간략하게 줄일 수 없어 소설로 대신했으니 길이로 보나 쓴 시간으로 보나 가성비는 그야말로 꽝이다. 이 마음을 온전히 나누었으면 한다. 송골매 재결합 콘서트를 '열망'했던 이들, 마침내 성사된 재결합 콘서트에 열광한 이들, 오래전 20인치 텔레비전 앞에서 기도하듯 송골매를 기다렸던 나의 자매들과. 그리고 누구보다도 송골매와!

2023년 여름
이경란

이경란

대구에서 태어나 TV와 라디오, 만화를 섭취하며 성장했다. 가끔 도서관에서 놀았다. 그 시절 TV를 24시간 볼 수 있었다면 소설가가 되지 못했을 것이다. 아는 건 별로 없지만 음악을 좋아하고 이것저것 듣다보면 대체로 록에 수렴된다.

2018년 〈문화일보〉 신춘문예에 당선. 소설집 『빨간 치마를 입은 아이』 『다섯 개의 예각』, 장편소설 『오로라 상회의 집사들』이 있다.

디어 마이 송골매

초판 인쇄 2023년 9월 11일
초판 발행 2023년 9월 21일

지은이 이경란

편집 정소리 | 디자인 윤종윤 이주영
마케팅 김선진 배희주 | 저작권 박지영 형소진 최은진 서연주 오서영
브랜딩 함유지 함근아 김희숙 고보미 박민재 정승민 배진성
제작 강신은 김동욱 이순호 | 제작처 한영문화사

펴낸곳 (주)교유당 | 펴낸이 신정민
출판등록 2019년 5월 24일 제406-2019-000052호

주소 10881 경기도 파주시 회동길 210
전화 031.955.8891(마케팅) | 031.955.2692(편집) | 031.955.8855(팩스)
전자우편 gyoyudang@munhak.com

인스타그램 @gyoyu_books | 트위터 @gyoyu_books | 페이스북 @gyoyubooks

ISBN 979-11-92968-53-7 03810